キミと、いつか。

すれちがう“こころ”

宮下恵茉・作
染川ゆかり・絵

集英社みらい文庫

あの日《ひ》、
やっと気持《きも》ちが通《つう》じたって思《おも》ったのに……。

こんなに近《ちか》くにいるのに、どこか遠《とお》くに感《かん》じてしまう。

「今《いま》、なにを思《おも》っているの？」

口《くち》にだしたら嫌《きら》われそうで、今日《きょう》も聞《き》けずにうつむくわたし。


よくばりだってわかってる。

だけど、ひとりじめしたいの。

キミの心《こころ》を。

目次《もくじ》&人物《じんぶつ》紹介《しょうかい》

五十嵐《いがらし》 翔《しょう》

サッカーのクラブチームに所属《しょぞく》。女子《じょし》の人気《にんき》が高《たか》い。

林《はやし》 麻衣《まい》

中《ちゅう》1。女子《じょし》バスケ部《ぶ》。明《あか》るく元気《げんき》で、ボーイッシュ。小《しょう》5のときから好《す》きだった小坂《こさか》とつきあいはじめた。

辻本莉緒《つじもとりお》

麻衣《まい》のクラスメイト。やさしくて、ひっこみ思案《じあん》。

小《こ》坂《さか》悠《ゆう》馬《ま》

男《だん》子《し》バスケ部《ぶ》。人《ひと》なつっこいタイプ。耳《みみ》がぴょこんとでていて、小《しょう》学《がく》生《せい》のときのあだ名《な》は「子《こ》ザル」。

鳴《なる》尾《お》若《わか》葉《ば》

麻《ま》衣《い》のクラスメイト。さばさばした性《せい》格《かく》。

足《あ》立《だち》夏《な》月《つき》

麻《ま》衣《い》のクラスメイト。莉《り》緒《お》と家《か》庭《てい》科《か》研《けん》究《きゅう》会《かい》を立《た》ちあげた。

あらすじ

やっと小坂《こさか》と
両想《りょうおも》いになれたのに、
一度《いちど》も **デート** しないまま
夏休《なつやす》みが終《お》わっちゃった……。

——わたしたち、
ホントにつきあってるの？

小坂《こさか》のことばかり考《かんが》えてたら、
五十嵐《いがらし》が「体育祭《たいいくさい》の
応援《おうえん》リーダーだれ？」って。

それでも、ミニバスの
練習《れんしゅう》が始《はじ》まれば、また
小坂《こさか》との時間《じかん》ができる！
そう思《おも》ってたのに……。

――もうわたしのこと

好《す》きじゃないの？

そんなとき、五十嵐《いがらし》に

告白《こくはく》されてしまった。

苦《くる》しい気持《きも》ちを莉緒《りお》、なるたん、

夏月《なつき》に打《う》ちあけたら、みんなが

エールを送《おく》ってくれて……。

小坂《こさか》の本心《ほんしん》を聞《き》くのが

こわかった。けど、

逃《に》げてちゃだめだ！

――どうなる、

麻衣《まい》の恋《こい》の

ゆくえ⁉

続《つづ》きは本文《ほんぶん》を楽《たの》しんでね❤

1 新《しん》学《がっ》期《き》が始《はじ》まる！

昇降口《しょうこうぐち》をぬけたら、埃《ほこり》くさいにおいがした。

かばんから上履《うわば》きをとりだして足《あし》を入《い》れると、ちょっぴり窮屈《きゅうくつ》に感《かん》じる。

夏休《なつやす》み明《あ》け、初《はじ》めての登校《とうこう》。

今日《きょう》は待《ま》ちに待《ま》った始業式《しぎょうしき》だ。

（よーし、二学期《がっき》からもがんばるぞ！）

むんっ！　とおなかに力《ちから》を入《い》れていたら、

「まいまい、おはよ！」

いきなり背中《せなか》をたたかれた。

「いった！」

思《おも》わず顔《かお》をしかめる。

ふりかえると、同《おな》じクラスの足立夏月《あだちなつき》が、にししと笑《わら》っていた。

「ごめん、ごめん。力入《ちからはい》りすぎた。……あっ、莉緒《りお》、おはよう♪」

夏月《なつき》はわたしのとなりに立《た》つ辻本莉緒《つじもとりお》に気《き》がつき、にっこりほほえむ。

「おはよう、夏月《なつき》ちゃん」

莉緒《りお》も、首《くび》をかしげてほほえみかえす。

「ちょっとお、なんでわたしには思《おも》いっきり背中《せなか》どついて、莉緒《りお》にはそんな、にっこりスマイルなわけ？」

口《くち》をとがらせて文句《もんく》を言《い》うと、夏月《なつき》は莉緒《りお》の腕《うで》に手《て》をまわした。

「莉緒《りお》にはそんなこと、できないよ〜。だって、莉緒《りお》だったら吹《ふ》っ飛《と》んじゃいそうじゃん。ねえ？」

夏月《なつき》にほっぺたをツンツンされて、莉緒《りお》がくすぐったそうに身《み》をよじる。

「なに、それ。どういう意味《いみ》よお〜！」

ムキーッとわたしが歯《は》をむきだしたら、うしろからとがった声《こえ》がした。

「ちょっと、ふたりとも新学期早々《しんがっきそうそう》うるさいよ」

そこには、なるたんこと鳴尾若葉《なるおわかば》があきれ顔《がお》で立《た》っていた。

「あ、なるたん、おはよ〜！」

ひらひらと手《て》をふったのに、なるたんは完全無視《かんぜんむし》。

「ほら、こんなとこでかたまってたら、通行《つうこう》の邪魔《じゃま》。さっさと教室《きょうしつ》にかばんを置《お》いて、体育館《たいいくかん》へ行《い》くよ。始業式《しぎょうしき》なんだから、整列《せいれつ》しとかなきゃ」

背中《せなか》を押《お》されて、四人《よにん》で教室《きょうしつ》にむかって歩《ある》きだす。

おとなしそうに見《み》えて、実《じつ》はお調子者《ちょうしもの》の夏月《なつき》と、ひっこみ思案《じあん》の莉緒《りお》。

しっかり者《もの》でおねえさんみたいななるたんと、それからわたし・林麻衣《はやしまい》。

みんな、つつじ台中学《だいちゅうがく》一年《ねん》二組《くみ》のクラスメイトだ。

……といっても、入学《にゅうがく》したときからこんなに仲《なか》よしだったわけじゃない。

夏休《なつやす》み前《まえ》、ひょんなことから莉緒《りお》と夏月《なつき》が『家庭科研究会《かていかけんきゅうかい》』という部活《ぶかつ》に入《はい》ることになった（しかも部員《ぶいん》はふたりだけ・笑）。

それがきっかけで、このメンバーで集《あつ》まるようになったんだよね。

夏休《なつやす》みには、それぞれの彼氏《かれし》（夏月《なつき》はぜったいにちがうって言《い》い張《は》ってるけど）も呼《よ》ん

で、つつじ台神社《だいじんじゃ》のお祭《まつ》りにも行《い》ったし。

「……あ、ねえねえ。そういえばさ、お祭《まつ》りのとき、みんなどこで花火《はなび》見《み》てたの？　途中《とちゅう》ではぐれちゃったよね」

教室《きょうしつ》にかばんを置《お》いて、体育館《たいいくかん》へむかう途中《とちゅう》、ふと思《おも》いついて聞《き》いてみると、となりを歩《ある》く莉緒《りお》の顔《かお》がぱっと赤《あか》くなった。

「……あ、ごめん。わたし、あのとき途中《とちゅう》で下駄《げた》の鼻緒《はなお》が痛《いた》くなって、結局花火《けっきょくはなび》を見《み》ずに帰《かえ》っちゃったの」

「えっ、そうだったんだ！　せっかくの花火《はなび》だったのに、見《み》られなくって残念《ざんねん》だったね」

わたしが言《い》うと、莉緒《りお》は赤《あか》い顔《かお》のまま、ううんと首《くび》をふった。

「だけどね、智哉《ともや》くんがそのかわりに、別《べつ》の日《ひ》に花火《はなび》しようって誘《さそ》ってくれたの。だから、いいんだ」

「え〜っ！　そうなの？　ふたりだけで？　どこでどこで？」

わたしの質問攻撃《しつもんこうげき》に、莉緒《りお》はますます顔《かお》を赤《あか》くしてうつむいた。

「すぐそこだよ。……つつじ台公園《だいこうえん》」

（いいなあ〜〜〜っ！）


莉緒《りお》の彼氏《かれし》は、同《おな》じクラスの石崎智哉《いしざきともや》くん。

学年《がくねん》で一番背《いちばんせ》が高《たか》くて、一番《いちばん》モテる超《ちょう》カッコいい男子《だんし》なのだ。

夏休《なつやす》み、彼氏《かれし》とふたりきり。

夜《よる》の公園《こうえん》で、線香花火《せんこうはなび》。

ぽとんと火玉《ひだま》が落《お》ちて、見《み》つめあうふたり……。

う〜ん、なんて素敵《すてき》なシチュエーション！


「めっちゃ少女《しょうじょ》まんがみたいじゃん。うらやましすぎるよ。ねえ？」

ふりかえって同意《どうい》を求《もと》めると、なるたんがぱっと目《め》をそらした。

「……え、なに？　もしかして、なるたんも中嶋《なかじま》と花火《はなび》とかしちゃったわけ？」

わたしの問《と》いかけに、なるたんはそっぽをむいたまま、言《い》い訳《わけ》するようにつけ足《た》した。

「べつにわたしがやろうって言《い》ったわけじゃないよ。塾《じゅく》の帰《かえ》り、諒太《りょうた》が花火《はなび》しようってうるさいから、しかたなく」

（……とかなんとか言《い》っちゃって、なるたん、めっちゃうれしそうなんですけど！）

なるたんの彼氏《かれし》である中嶋諒太《なかじまりょうた》は、超進学校《ちょうしんがくこう》で有名《ゆうめい》な私立《しりつ》の聡明学院《そうめいがくいん》に通《かよ》っている。なるたんとは学校《がっこう》がちがうけど、同《おな》じ塾《じゅく》に通《かよ》っているから、帰《かえ》りはいつもいっしょに帰《かえ》ってるんだそうだ。

中嶋《なかじま》とは元々《もともと》同《おな》じ小学校《しょうがっこう》だったから、わたしも顔見知《かおみし》りなんだけど、まさかなるたんとつきあうことになるなんて、思《おも》いもしなかった。

だってなるたんは、もしかして石崎《いしざき》くんのことが好《す》きなのかもって、ひそかに思《おも》っていたから。

べつになるたんに打《う》ちあけられたわけではないし、確認《かくにん》したわけでもないけど、なんとなくそう思《おも》ってたんだよね（莉緒《りお》にはナイショだけど）。

でも、中嶋《なかじま》とつきあいだしたってことは、やっぱりわたしのかんちがいだったみたいだ。

（それにしても、中嶋《なかじま》となるたんねえ……）

中嶋《なかじま》は、女《おんな》の子《こ》みたいにかわいらしい顔《かお》をした男子《だんし》で、ちょっぴりチャラい。大人《おと な》っぽくて落《お》ちついてるなるたんとは、正反対《せいはんたい》な雰囲気《ふんいき》だ。

でも、お祭《まつ》りのときの中嶋《なかじま》は、全身《ぜんしん》から『なるたん大好《だいす》き！』ってオーラがでまくりで、見《み》ていて正直《しょうじき》うらやましかった。


「ふたりとも、しっかり夏休《なつやす》みの思《おも》い出《で》、作《つく》ったんだね。うらやましいなあ」

しょんぼりしてそう言《い》うと、夏月《なつき》があきれたようにわたしの顔《かお》をのぞきこんできた。

「えー、そんなこと言《い》うけど、まいまいだって、小坂《こさか》くんって彼氏《かれし》がちゃんといるじゃん！」

（……そりゃあ、そうなんだけどさ）

夏月《なつき》が言《い》うように、わたしにはとなりのクラスに、同《おな》じバスケットボール部《ぶ》の小坂悠《こさかゆう》馬《ま》って彼氏《かれし》がいる。

石崎《いしざき》くんみたいな超《ちょう》イケメンってわけじゃないけど、まゆがキリッとしていて、でも笑《わら》うと目《め》がくしゃっと細《ほそ》くなって……。

とにかく、わたしにとっては一番《いちばん》カッコいいと思《おも》える相手《あいて》。

その小坂《こさか》に小学校《しょうがっこう》のときからずうっと片思《かたおも》いしていて、今年《ことし》の六月《がつ》に晴《は》れて両想《りょうおも》い！

……になったはず、なんだけど。

「そうだよ～。お祭《まつ》りの日《ひ》だって、小坂《こさか》くんと花火見《はなびみ》たんでしょ？」

「じゃあ、まいまいだって、ちゃんと夏休《なつやす》みの思《おも》い出《で》、できたんじゃないの？」

今度《こんど》は莉緒《りお》となるたんからもツッコまれる。

「それがさあ……」


あの日《ひ》、花火《はなび》が始《はじ》まる直前《ちょくぜん》、和太鼓《わだいこ》の演奏《えんそう》を見《み》ている間《あいだ》に、なんとわたしは小坂《こさか》とはぐれてしまったのだ。

すごい人《ひと》ごみだったし、わたしはあわてて小坂《こさか》をさがしまわった。

なのに小坂《こさか》ってば、偶然会《ぐうぜんあ》った小学校時代《しょうがっこうじだい》のミニバスケットボールチームの子《こ》たちと、のんきに焼《や》きトウモロコシなんて食《た》べてたんだよね。

思《おも》わずカッとなって、「もう、さがしてたんだよ！」って大声《おおごえ》で怒鳴《どな》ってしまった。

そしたら小坂《こさか》はケロッとした顔《かお》で、

「わりいわりい。でもはぐれちゃったんだし、しゃあねえじゃん」

なんて言《い》ったのだ。

それでしばらく言《い》い合《あ》いになり、結局仲《けっきょくなか》なおりできないまま、じゃあなって別《わか》れてそれっきり。

せっかく浴衣《ゆかた》まで着《き》ていったのに。

思《おも》い出《だ》したら、めっちゃムカついてきた！

2 不安《ふあん》な気持《きも》ち

「もしかしてわたしたち、このまま別《わか》れちゃったりして」

肩《かた》をすくめてそう言《い》ったら、莉緒《りお》となるたんは心底気《しんそこき》の毒《どく》そうな顔《かお》でわたしを見《み》た。

「そっか〜。あのあと、そんなことがあったんだ」

「それはたしかにちょっと残念《ざんねん》だったね」

（あれっ、なんかマジな反応《はんのう》……！）

『そんなこと、あるわけないじゃーん！』って明《あか》るく笑《わら》いとばしてくれると思《おも》ったのに、
本気《ほんき》で同情《どうじょう》されちゃったよ！

「いや、あの、今《いま》の冗談《じょうだん》だから……」

そう言《い》い訳《わけ》しようとしたら、夏月《なつき》がまたわたしの背中《せなか》をばしーんとたたいた。

「な〜に、ネガティブなこと言《い》ってんのよ。大丈夫《だいじょうぶ》だって！」

吹《ふ》っ飛《と》んだわたしは、背中《せなか》をおさえて夏月《なつき》のほうをふりかえった。

「だから、痛《いた》いんだってば、夏月《なつき》は！」

だけど夏月《なつき》は気《き》にせず、カラカラ笑《わら》う。

「なんたって小坂《こさか》くんはまいまいの彼氏《かれし》なんだから、思《おも》い出《で》なんてこれからいくらでも作《つく》れるじゃん！　わたしなんて、彼氏《かれし》すらいないんだからね」

わたしはすぐに口《くち》をとがらせて言《い》いかえした。

「よく言《い》うよ、夏月《なつき》には、吉村《よしむら》くんがいるじゃん！」


そうなのだ。

お祭《まつ》りの日《ひ》、夏月《なつき》は野球部《やきゅうぶ》の吉村祥吾《よしむらしょうご》をつれてきていた。

夏月《なつき》は家《いえ》が近《ちか》いだけで、ただのおさななじみだって言《い》い張《は》ってたけど、ぜったいそれだけじゃないはず。

じゃないと、フツー、なんとも思《おも》ってない女子《じょし》とお祭《まつ》りなんて行《い》かないよね？

夏月《なつき》はどう思《おも》っているのかわからないけど、少《すく》なくとも、吉村《よしむら》くんはぜったい夏月《なつき》のこと、好《す》きだと思《おも》う！

「……そういえば、夏月《なつき》はあのあとどうしたのよ。結局最後《けっきょくさいご》まで会《あ》わなかったじゃん」

とたんに夏月《なつき》の顔《かお》が真《ま》っ赤《か》になった。

「そっ、それは……！」

口《くち》をぱくぱくさせて、言葉《ことば》をつまらせている。

「えーっ、なになに？　打《う》ちあげ花火《はなび》、だれと見《み》たのよっ」

わたしがつめ寄《よ》ったら、夏月《なつき》はごにょごにょ小声《こごえ》で答《こた》えた。

「……祥吾《しょうご》とだけど」

「ほらあ、やっぱりい〜〜っ！　夏月《なつき》だって夏休《なつやす》みの思《おも》い出作《でつく》ってんじゃん！」

わたしのツッコミを、夏月《なつき》は全力《ぜんりょく》で否定《ひてい》する。

「だから、そんなんじゃないってば。ホントにただのおさななじみ！」

「ウソだあ、ただのおさななじみが花火《はなび》いっしょに見《み》たりしないよ」

「シーッ！　もう、まいまいってば、声《こえ》が大《おお》きいよ」

夏月《なつき》に言《い》われてまわりを見《み》ると、体育館《たいいくかん》へむかうほかのクラスの子《こ》たちが、こっちをじろじろ見《み》ていた。

「あ、ごめん」

「ほら、体育館《たいいくかん》の入《い》り口《ぐち》混《こ》んでるし、おしゃべりはそのへんにして」

そう言《い》って、なるたんが莉緒《りお》とふたりで先《さき》を歩《ある》いていく。

(あ〜あ、やっぱりみんな、デートしてたんだ)

わたしは体育館前《たいいくかんまえ》で上履《うわば》きを脱《ぬ》いで、はあっと息《いき》をついた。

夏休《なつやす》み中《ちゅう》、わたしと小坂《こさか》はデートなんて一度《いちど》もしていない。

お祭《まつ》りのあとも、部活《ぶかつ》で何度《なんど》か見《み》かけたくらい。

わたしはスマホを持《も》ってるけど、小坂《こさか》は持《も》っていないから、メッセージのやりとりだってなかったし。

(まあ、小坂《こさか》はたとえスマホを持《も》ってたとしても、ぜったいこまめにメッセージとか送《おく》ってくるタイプじゃないだろうしなあ)

なにげなく、前《まえ》に立《た》つ莉緒《りお》の視線《しせん》の先《さき》をたどってみる。

すると、すでに列《れつ》にならんでいた石崎《いしざき》くんが、莉緒《りお》にむかって小《ちい》さくほほえんでいるのが見《み》えた。

（ふわあ〜、莉緒《りお》ったらいいなあ）

どこから見《み》ても、ラブラブカップルって感《かん》じじゃん！

そういえば、いつの間《ま》にかふたりとも、『莉緒《りお》ちゃん』『智哉《ともや》くん』なんて名前呼《なまえよ》びに変《か》わってるし。

前《まえ》のほうに立《た》っている小坂《こさか》のうしろすがたを見《み》る。

ぴょこんと横《よこ》に飛《と》びだした大《おお》きな耳《みみ》。

夏休《なつやす》みの間《あいだ》に、少《すこ》し髪《かみ》を切《き》ったみたい。

さっきは冗談《じょうだん》で言《い》ったけど、わたしたち、ホントにこのまま自然消滅《しぜんしょうめつ》したりして。

そう思《おも》っていたら、小坂《こさか》がこっちをふりかえった。

（あっ！）

一瞬《いっしゅん》目《め》が合《あ》ったと思《おも》ったのに、すぐに前《まえ》をむいてしまった。

（え〜？　気《き》がつかなかったのかなあ。ぜったい今《いま》、目《め》が合《あ》ったはずなのに）

……もしかして、わざと気《き》がつかなかったフリをしたとか？

どんどん悪《わる》いほうに気持《きも》ちが傾《かたむ》いていく。

そもそも小坂《こさか》はこういう集会《しゅうかい》のときに、わたしの姿《すがた》をさがそうとは思《おも》わないのかな？

わたしはいつだって、小坂《こさか》の姿《すがた》をさがしているのに。

（よその彼氏《かれし》たちのこと、もっと見習《みなら》ってほしいよ）

中嶋《なかじま》は、なるたんと目《め》が合《あ》うたびに『好《す》きだよ』って言《い》うらしい。

いいなあって言《い》ったらなるたんは、「言《い》いすぎだよ。挨拶《あいさつ》みたいに言《い》われると、価値《かち》がなくなっちゃうじゃん」ってクールに言《い》っていた。

だけど、そんなにストレートに気持《きも》ちを伝《つた》えてくれる彼氏《かれし》なんてうらやましすぎる。

小坂《こさか》はそんなこと、口《くち》が裂《さ》けても言《い》ってくれないもん！

校長先生《こうちょうせんせい》の挨拶《あいさつ》が始《はじ》まったけど、わたしはひたすら小坂《こさか》の背中《せなか》を見《み》つめて心《こころ》のなかで念《ねん》じた。

（こっちむけ～、こっちむけ～）

だけど小坂《こさか》は、もうふりかえってくれない。

（あ〜あ、わたしと小坂《こさか》ってこんなのでいいのかなあ……）

つきあうって、もっとこうなんていうか、わくわくしたり、きゅーんとしたりして、毎日《まいにち》が楽《たの》しくなるものじゃないの？

だいたい、小坂《こさか》がわたしに『好《す》き』って言《い》ってくれたのって、つきあうことになったときの一回《いっかい》きり。それもはっきり言《い》われたわけじゃなくて、どさくさにまぎれて言《い》った感《かん》じだった。

そのあとデートしたのは、莉緒《りお》と石崎《いしざき》くんを仲《なか》なおりさせるためのダブルデートと、この間《あいだ》のお祭《まつ》りだけ。

ふたりきりのデートなんて、一度《いちど》もしたことない。

そこで、ふと考《かんが》える。

わたし、小坂《こさか》につきあおうって言《い》われてないよね？

先《さき》に好《す》きって言《い》ったのもわたしだし。

わたしたち、ホントにつきあってるって言《い》えるのかな。

小坂《こさか》はわたしのこと、心《こころ》の底《そこ》から好《す》きだと思《おも》ってくれているんだろうか。

あ〜、なんかいろいろわかんなくなってきちゃったよ！


新学期《しんがっき》一日目《にちめ》。

早《はや》く小坂《こさか》に会《あ》いたくて、夏休《なつやす》みが終《お》わるのが待《ま》ち遠《どお》しかった。

なのに、小坂《こさか》の顔《かお》を見《み》たら、なんだか自信《じしん》がなくなってきた。

校長先生《こうちょうせんせい》の話《はなし》は、まだ終《お》わらない。

なにげなく天井《てんじょう》を見上《みあ》げたら、ガラス越《ご》しに差《さ》しこむ太陽《たいよう》の光《ひかり》が、舞《ま》いあがるほこりをきらきら照《て》らしだしていた。

3 すれちがいの日々《ひび》

二学期《がっき》が始《はじ》まって一週間《いっしゅうかん》。

短縮授業《たんしゅくじゅぎょう》で部活《ぶかつ》も変則的《へんそくてき》だったし、小坂《こさか》とはまだふたりきりで話《はなし》ができていない。

たまに廊下《ろうか》で見《み》かけたら、手《て》をふるくらい。

それだって、気《き》がついてくれないときもある。

小坂《こさか》はいつだってほかの男子《だんし》たちといっしょにいるから、気軽《きがる》にしゃべりかけにくいんだよね。

でしゃばってしゃべりかけたら、まわりの子《こ》たちに冷《ひ》やかされるだろうし、そういうの、小坂《こさか》、いやがるだろうなあって思《おも》って声《こえ》もかけられずにいる。

（はあ～、こんなことじゃあだめだ）

そう思《おも》ってしょんぼりしていたら、

「おーい、林《はやし》」

だれかに名前《なまえ》を呼《よ》ばれた。

首《くび》を伸《の》ばしてあたりを見《み》まわすと、教室《きょうしつ》のドアの前《まえ》に、六組《ろっくみ》の五十嵐《いがらし》翔《しょう》が立《た》っていた。

わたしと同《おな》じ体育委員《たいいくいいん》をしている男子《だんし》だ。

小学校《しょうがっこう》もクラスもちがうけど、委員会《いいんかい》で近《ちか》くの席《せき》に座《すわ》ることが多《おお》いせいか、よくしゃべりかけてくる。

「どうかした？」

わたしの問《と》いかけに、五十嵐《いがらし》はにこにこ笑《わら》って答《こた》える。

「応援《おうえん》リーダーの選出《せんしゅつ》って、二組《くみ》、だれになったのかなあと思《おも》って」

その言葉《ことば》に、あっと声《こえ》をあげる。

やばい、そういえばそうだった。

来月《らいげつ》、うちの中学《ちゅうがく》で体育祭《たいいくさい》が行《おこな》われる。

先輩《せんぱい》たちによると、体育委員《たいいくいいん》の仕事《しごと》のなかでも一番《いちばん》大《おお》きな行事《ぎょうじ》らしい。そのなかでも特《とく》に盛《も》りあがりを見《み》せるのが、応援合戦《おうえんがっせん》。

その応援《おうえん》リーダーを、来週《らいしゅう》の委員会《いいんかい》までに選出《せんしゅつ》して報告《ほうこく》することって、一学期最後《がっきさいご》の委《い》員会《いんかい》で言《い》われてたんだっけ……。

今聞《いまき》くまで、すっかり忘《わす》れてた！

「ど、どうしよう。うち、まだ決《き》めてないや」

わたしが言《い》うと、五十嵐《いがらし》が目《め》をまるくした。

「もしかして、忘《わす》れてたの？」

「……うん。まるっきり」

いっしょのクラスで体育委員《たいいくいいん》をしている石崎《いしざき》くんには、『わたしが話《はな》し合《あ》いの時間取《じかんと》ってくださいって先生《せんせい》に頼《たの》んどくね』って言《い》ってたのに！

（あ〜、わたしのばかっ！）

しょんぼりしてうつむくと、五十嵐《いがらし》があははと笑《わら》った。

「なんだよ、そんなんで落《お》ちこむなんて林《はやし》らしくねえじゃん。まだ、いいんじゃない？来週《らいしゅう》の委員会《いいんかい》までに決《き》まってりゃいいんだから。じゃあな、また委員会《いいんかい》で」

手《て》をあげて教室《きょうしつ》にもどっていく五十嵐《いがらし》に手《て》をふりかえし、心《こころ》のなかで反省《はんせい》する。

あー、もう。なにやってんだ、わたし。

最近小坂《さいきんこさか》のことで頭《あたま》がいっぱいで、ぼんやりしてた。

気持《きも》ちを切《き》りかえて、前《まえ》むきにならなきゃ。

（あ、そうだ。今《いま》の間《あいだ》に、選出《せんしゅつ》の時間《じかん》取《と》らせてくださいって先生《せんせい》に頼《たの》みに行《い》っとこう）

わたしはその場《ば》でまわれ右《みぎ》をして、職員室《しょくいんしつ》へとむかった。


「えー、では、男子《だんし》の応援《おうえん》リーダーは石崎《いしざき》くん、女子《じょし》は鳴尾《なるお》さんに決《き》まりました」

わたしが言《い》うと、教室《きょうしつ》から大《おお》きな拍手《はくしゅ》が起《お》こった。

石崎《いしざき》くんとなるたんが、照《て》れくさそうに肩《かた》をすくめる。

（ほっ、決《き》まってよかった）

応援団《おうえんだん》は体育祭《たいいくさい》の花形《はながた》だ。

だから応援《おうえん》リーダーの選出《せんしゅつ》はけっこう大変《たいへん》だよって、体育委員《たいいくいいん》の先輩《せんぱい》たちにおどされていた。

（でもまあ、石崎《いしざき》くんとなるたんなら、だれからも文句《もんく》でないよね）

ふたりとも背《せ》が高《たか》くて美形《びけい》だから、立《た》っているだけで絵《え》になるし、応援《おうえん》リーダーにはぴったりだ。

最初《さいしょ》は目立《めだ》つのはいやだとか、部活《ぶかつ》に行《い》けなくなるから困《こま》るとか言《い》っていやがってたけど、一生懸命《いっしょうけんめい》説得《せっとく》したら、ふたりとも最後《さいご》には納得《なっとく》してくれた。

あー。思《おも》ったより、すんなり決《き》まって助《たす》かった！

「ごめんね、林《はやし》さん。俺《おれ》も体育委員《たいいくいいん》なのに、ぜんぶやらせちゃって」

ホームルームが終《お》わってすぐ、石崎《いしざき》くんが申《もう》し訳《わけ》なさそうに謝《あやま》ってきた。

「それに、これから委員《いいん》の仕事《しごと》、林《はやし》さんひとりでやらなくちゃいけなくなるよね。俺《おれ》、応《おう》援《えん》リーダーの練習《れんしゅう》に行《い》かなきゃいけないし」

「ううん、平気《へいき》だよ。それより、応援《おうえん》リーダーを引《ひ》き受《う》けてくれたほうが助《たす》かるもん。体《たい》育祭《いくさい》が終《お》わるまで大変《たいへん》だけど、がんばってね」

わたしが言《い》うと、石崎《いしざき》くんはちょっと困《こま》ったような顔《かお》でうなずいた。

「あんまり柄《がら》じゃないと思《おも》うんだけど、まあ、がんばるよ。……あ、ごめん。じゃあ俺《おれ》、部活《ぶかつ》あるから」

石崎《いしざき》くんはそう言《い》って、かばんをかついで教室《きょうしつ》をでていった。

これから委員《いいん》の仕事《しごと》が大変《たいへん》になりそうだけど、石崎《いしざき》くんとなるたんが応援《おうえん》リーダーなら、うちのクラス、学年優勝《がくねんゆうしょう》も夢《ゆめ》じゃないかも！

うきうきしながら登録用紙《とうろくようし》に早速《さっそく》ふたりの名前《なまえ》を書《か》きこんでいたら、莉緒《りお》が暗《くら》い顔《かお》でわたしのとなりに座《すわ》ってきた。

「……ねえ、まいまい。応援《おうえん》リーダーって、忙《いそが》しいんだよね？」

不安《ふあん》そうに聞《き》いてくる。

「うーん、そうだね。体育祭《たいいくさい》まではほぼ毎日朝練《まいにちあされん》があるし、部活《ぶかつ》のあとに打《う》ち合《あ》わせがある日《ひ》もあったりするしねえ」

わたしがシャーペンを走《はし》らせながら答《こた》えると、莉緒《りお》がしょんぼりうつむいた。

「やっぱり、そうなんだあ……」

どうやら莉緒《りお》は、石崎《いしざき》くんとふたりで会《あ》えなくなることを残念《ざんねん》がっているようだ。

「ごめんね、莉緒《りお》。でも、うちのクラス、石崎《いしざき》くんとなるたんが応援《おうえん》リーダーになってくれたから、ぜったい学年《がくねん》一位《い》になれると思《おも》うんだよね！」

はりきってそう言《い》ったら、ますます莉緒《りお》は暗《くら》い顔《かお》になった。

「……それはそうかもしれないけど、智哉《ともや》くんファンが、また増《ふ》えちゃうよ」

（あー、そっち？）

莉緒《りお》ってば、石崎《いしざき》くんをだれかに取《と》られちゃうって心配《しんぱい》してるみたい。

ヤキモチってやつだ。

「なーに言《い》ってんの。莉緒《りお》のとこは、夏休《なつやす》みもデートしたりしてすっごく仲《なか》いいんだから、大丈夫《だいじょうぶ》だよ！　うちと大《おお》ちがいじゃん」

おどけた調子《ちょうし》で言《い》いながらも、胸《むね》がちくんと痛《いた》む。

莉緒《りお》はいいな。

石崎《いしざき》くん、やさしいし。

ふたり、仲《なか》いいし。

わたしがそう思《おも》っているのを感《かん》じたのか、莉緒《りお》がおずおずと聞《き》いてきた。

「まいまい、あれから小坂《こさか》くんと話《はなし》できた？」

「ううん、ぜえんぜん！　もしかして、つきあってるって思《おも》ってるの、わたしだけだったりして」

わざと明《あか》るく答《こた》えてみる。

すると莉緒《りお》はますます困《こま》ったような顔《かお》になった。

「そんなこと、ないよ。たまたまタイミングが悪《わる》かっただけで……。あ、そうだ。小学校《しょうがっこう》のミニバスの練習《れんしゅう》ってまだ始《はじ》まらないの？　一学期《がっき》、いつもふたりで行《い》ってたじゃない」

「うん、まあ、そうなんだけど」


中学《ちゅうがく》に入学《にゅうがく》してから、わたしと小坂《こさか》は、母校《ぼこう》であるつつじ台小学校《だいしょうがっこう》のミニバスケットボールチームのお手伝《てつだ》いに通《かよ》っていた。

週《しゅう》に数回《すうかい》、塾《じゅく》がない日《ひ》は部活後《ぶかつご》、小坂《こさか》と待《ま》ちあわせてそのまま小学校《しょうがっこう》へむかい、一時間《じかん》ほど練習《れんしゅう》のサポートをしてきた。

中学《ちゅうがく》ではまだ基礎練《きそれん》しかさせてもらえないから、自由《じゆう》に練習《れんしゅう》させてもらえるのも魅力《みりょく》だったし、なにより、小坂《こさか》とふたりっきりになれる。

練習後《れんしゅうご》はコーチのタカさんが経営《けいえい》しているコンビニでアイスをおごってもらったり、つつじ台公園《だいこうえん》でおしゃべりしたりして、すっごく楽《たの》しかったんだよね。

だけど、夏休《なつやす》みに入《はい》ってからは、ずーっと練習《れんしゅう》がなかった。

「来週《らいしゅう》から始《はじ》まるけど、実《じつ》はまだなんの約束《やくそく》もしてないんだよね」

落《お》ちこんでいることを悟《さと》られないように無理《むり》やり笑顔《えがお》を作《つく》ってそう言《い》うと、莉緒《りお》はにこっとほほえんだ。

「じゃあ、ミニバスの練習《れんしゅう》さえ始《はじ》まったら、また元通《もとどお》り仲《なか》よく話《はな》せるようになるんじゃない？　だから、大丈夫《だいじょうぶ》だよ」

（……莉緒《りお》）

自分《じぶん》だって石崎《いしざき》くんが応援《おうえん》リーダーになって不安《ふあん》なのに、わたしのことなぐさめてくれてるんだな。

「うん、そうだよね。ありがとう！」

わたしもにっこりほほえみかえした。

4 小坂《こさか》からの呼《よ》びだし

翌週《よくしゅう》の月曜日《げつようび》。

今日《きょう》からミニバスの練習《れんしゅう》が再開《さいかい》される。

(小坂《こさか》、待《ま》ち合《あ》わせの場所《ばしょ》をどこにするかぜったい言《い》いに来《き》てくれるよね？　そしたら、また前《まえ》みたいに仲《なか》よくできるよね？)

そう思《おも》って待《ま》っていたけど、お昼休《ひるやす》みを過《す》ぎても小坂《こさか》はなんにも言《い》ってこない。

本当《ほんとう》は昨日《きのう》の晩《ばん》、家《いえ》に電話《でんわ》してみようかなって思《おも》ったんだけど、結局《けっきょく》かけられなかった。

(小坂《こさか》のおかあさんってどんな人《ひと》か知《し》らないし、やっぱ、緊張《きんちょう》するもんね)

となりのクラスに様子《ようす》を見《み》にいってみたけど、小坂《こさか》の姿《すがた》が見《み》つからない。

同《おな》じバスケ部《ぶ》の子《こ》に聞《き》いたら、体育祭《たいいくさい》のリレーの練習《れんしゅう》に行《い》ってるんだって言《い》っていた。

(……もしかして、小坂《こさか》ってば、ミニバスの練習《れんしゅう》が今日《きょう》からってこと、忘《わす》れてるのかな)

だんだん心配《しんぱい》になってきた。

急《いそ》いで教室《きょうしつ》にもどって、メモ用紙《ようし》に書《か》きこんだ。

『小坂《こさか》、今日《きょう》からミニバスの練習《れんしゅう》あるよ。部活《ぶかつ》のあと、いっしょに行《い》くでしょ？　渡《わた》り廊《ろう》下《か》で待《ま》ってるね。まい』

小《ちい》さく折《お》りたたんで、小坂《こさか》の机《つくえ》の上《うえ》に置《お》いておく。

（気《き》がついてくれるよね……）

わたしは何度《なんど》も小坂《こさか》の机《つくえ》をふりかえりながら、一組《くみ》の教室《きょうしつ》をあとにした。


ホームルームが終《お》わり、このあとはいよいよ部活《ぶかつ》だ。

（あ〜あ、小坂《こさか》、結局《けっきょく》なんにも言《い》ってこなかったよ。メモに気《き》がつかなかったのかなあ）

がっくりして教科書《きょうかしょ》をかばんに入《い》れていたら、

「まいまい！」

莉《り》緒《お》の声《こえ》がした。

なんだろうと顔《かお》をあげると、赤《あか》い顔《かお》をした莉《り》緒《お》が小走《こばし》りでわたしの机《つくえ》にかけ寄《よ》ってきた。

「こ、小坂《こさか》くんが呼《よ》んでるよっ！」

廊下《ろうか》を見《み》ると、窓《まど》によりかかって、外《そと》を眺《なが》める小坂《こさか》のうしろすがたが見《み》えた。

（きたーっ！）

やっぱ、小坂《こさか》、忘《わす》れてなかったんだ。

これで前《まえ》みたいにおしゃべりできる！

焦《あせ》る気持《きも》ちをおさえつつ、わたしは教科書《きょうかしょ》をわしづかみにしてかばんに押《お》しこみ、立《た》ちあがった。

「よかったじゃん」

「ヒューヒュー」

にやにや笑《わら》うなるたんと夏月《なつき》に冷《ひ》やかされながら、大急《おおいそ》ぎで教室《きょうしつ》を飛《と》びだした。

「ご、ごめん。待《ま》った？」

窓《まど》の外《そと》を見《み》ている小坂《こさか》の背中《せなか》に声《こえ》をかける。

「小坂《こさか》さ、なんにも言《い》ってこないから、今日《きょう》からミニバスの練習《れんしゅう》あること忘《わす》れてるのかと思《おも》ってたよ。……あ、机《つくえ》の上《うえ》にわたしが置《お》いてたメモ、見《み》た？　念《ねん》のために置《お》いといたんだけど」

「……うーん」

小坂《こさか》は返事《へんじ》ともとれないような声《こえ》で答《こた》えたかと思《おも》うと、やっとこちらに顔《かお》をむけた。

夏休《なつやす》みの間《あいだ》に、ちょっと日《ひ》に焼《や》けたみたい。

また、背《せ》が伸《の》びたかも。

ひさびさに、間近《まぢか》で見《み》る小坂《こさか》の顔《かお》。

ずきゅん！

胸《むね》がときめく。

「あのさ」

そこで言葉《ことば》をきって、小坂《こさか》がうつむく。

「なに？」

わたしが聞《き》きかえすと、小坂《こさか》はうつむいたまま、一息《ひといき》に言《い》った。

「俺《おれ》、ミニバスの練習《れんしゅう》、もう行《い》かねえから」

「……へっ？」

わたしはぽかんと口《くち》をあけて、たっぷり五秒《びょう》、うつむいている小坂《こさか》を見《み》た。

それって、どういう意味《いみ》？

「ええっと、今日《きょう》は忙《いそが》しいから行《い》けないってこと？」

混乱《こんらん》しながら、もう一度《いちど》聞《き》きかえしてみる。

すると、小坂《こさか》はじれったそうに顔《かお》をしかめた。

「ちがうって。これからはもう行《い》かねえってこと」

「な、なんで？　だって、わたしたち、タカさんに頼《たの》まれてずっと……！」

そう言《い》いかけたけど、

「だから、行《い》かないんだって！」

小坂《こさか》がさえぎるように大《おお》きな声《こえ》で言葉《ことば》をかぶせてきた。

びっくりして、息《いき》をのむ。

「行《い》きたいなら、おまえひとりで行《い》けよ。……じゃあな」

言《い》うだけ言《い》うと、小坂《こさか》はわたしから逃《に》げるように、背《せ》をむけて歩《ある》きだした。

あわててそのあとを追《お》いかける。

「ちょ、ちょっと待《ま》ってよ。なんで急《きゅう》にそんなこと言《い》いだすの？」

「……べつに」

「この間《あいだ》のこと、まだおこってる？　だからそんなこと言《い》うの？」

わたしの言葉《ことば》に、小坂《こさか》が一瞬《いっしゅん》足《あし》を止《と》める。

「この間《あいだ》って？」

首《くび》をかしげる小坂《こさか》にむかって、わたしは祈《いの》るような気持《きも》ちで答《こた》えた。

「お祭《まつ》りのこと！　小坂《こさか》、ミニバスの子《こ》たちとトウモロコシ食《た》べてたじゃん。それでわたしが文句《もんく》を言《い》ったりしたから、おこってるの？　あれは……」

言《い》い訳《わけ》しようとしたのに、すぐに小坂《こさか》にさえぎられた。

「べつにそんなの、気《き》にしてねえ。今《いま》まで忘《わす》れてたくらいだし」

そう言《い》って、また歩《ある》きだす。

（え、あれが原因《げんいん》じゃないの？　じゃあ、いったい……）

わたしも、すぐに小坂《こさか》の背中《せなか》を追《お》いかける。

「タカさんは？　タカさんに言《い》ったの？」

「言《い》ってねえ」

小坂《こさか》ははき捨《す》てるようにそう答《こた》えると、それきり返事《へんじ》をしない。

せかせかと階段《かいだん》へむかって歩《ある》いていく。

「ちょっと待《ま》ってよ、小坂《こさか》！」

わたしの声《こえ》に、小坂《こさか》以外《いがい》の子《こ》たちが一斉《いっせい》にふりかえる。

だけど小坂《こさか》はとまらない。

わたしは小坂《こさか》の背中《せなか》を追《お》って、階段《かいだん》へと走《はし》った。

小坂《こさか》はだまって階段《かいだん》を下《お》りていく。

「なんで急《きゅう》にそんなこと言《い》うの？　だって、ミニバスの練習《れんしゅう》がないと、わたしたち……！」

そこまで言《い》いかけて、猛烈《もうれつ》に腹《はら》が立《た》ってきた。

なによ、小坂《こさか》のばか。

ミニバスの練習《れんしゅう》に行《い》かなくなったら、わたしたち、ふたりっきりになれる時間《じかん》がなくなるじゃん！

だーっと階段《かいだん》をかけ下《お》りて小坂《こさか》に追《お》いつき、とっさに腕《うで》をつかんだ。

「ちょっと待《ま》ってよ、もう！」

やっとふりかえった小坂《こさか》の目《め》を見《み》つめる。

「ちゃんと説明《せつめい》して！」

だけど小坂《こさか》はさっと目《め》をそらして、ぼそっと言《い》った。

「……なんにも、言《い》うことねえし」

その言葉《ことば》に、カッとなった。

「小坂《こさか》、もうわたしのこと、好《す》きじゃなくなったの？」

小坂《こさか》はおどろいたように目《め》を見開《みひら》くと、すぐに眉間《みけん》にしわを寄《よ》せた。

「なんで、そうなるんだよ」

「だって……！」

わたしがなおも言《い》いかえそうとしたら、小坂《こさか》はわたしの腕《うで》をふりはらった。

「……おまえがそう思《おも》うなら、それでいいよ」

そう言《い》いすてると、小坂《こさか》はその場《ば》にわたしをひとり残《のこ》して階段《かいだん》を下《お》りていった。

（なんで？）

わたし、なにか悪《わる》いことした？

わたしたちは、夏祭《なつまつ》りの日《ひ》以来《いらい》ふたりでまともに口《くち》をきいていない。

その間《あいだ》になにがあったの？

立《た》ち尽《つ》くすわたしのそばを、ほかの子《こ》たちが不思議《ふしぎ》そうな顔《かお》でふりかえって通《とお》りすぎていく。

階段《かいだん》にこだまするざわめきのなか、わたしはその場《ば》から動《うご》けずにいた。

5 タカさんへの相談《そうだん》

その日《ひ》の部活《ぶかつ》のあと、念《ねん》のため、渡《わた》り廊下《ろうか》でしばらく待《ま》ってみた。

だけどやっぱり、小坂《こさか》は来《こ》なかった。

完全下校《かんぜんげこう》のアナウンスに追《お》いたてられるようにして、とぼとぼ歩《ある》きだす。

一学期《がっき》、小坂《こさか》とふたり、しゃべりながら歩《ある》いた道《みち》。

わたしがみんなから『まいまい』って呼《よ》ばれるのをからかって、小坂《こさか》はわたしのことを時々《ときどき》、『でんでんむし』って呼《よ》んでいた。

つきあうきっかけになったつつじ台公園《だいこうえん》のブランコ。

笑《わら》いながら走《はし》った交差点《こうさてん》の横断歩道《おうだんほどう》。

小坂《こさか》との思《おも》い出《で》がいっぱいありすぎて、なにを見《み》ても、涙《なみだ》がでそうになる。

小学校《しょうがっこう》の校門《こうもん》をぬけたあと、いつもはふたりそろって大急《おおいそ》ぎで体育館《たいいくかん》にかけこんでいたんだけど、今日《きょう》はそんな気《き》にもなれない。

校庭《こうてい》にある時計《とけい》は、もう七時《じ》をさそうとしていた。

(練習《れんしゅう》、もう終《お》わっちゃってるかもな)

そう思《おも》いながら、制服《せいふく》のまま体育館《たいいくかん》に入《はい》る。

すると、すぐにミニバスケ部《ぶ》の後輩《こうはい》たちがふりかえった。

「あ、麻衣《まい》ちゃん！」

「ひさしぶりーっ！」

シュート練習《れんしゅう》をしていた子《こ》たちが、わたしのそばに集《あつ》まってくる。

「あれ？　今日《きょう》は悠馬《ゆうま》くん、いっしょじゃないの？」

ひとりの子《こ》に聞《き》かれて、胸《むね》がずきんと痛《いた》む。

「……うん、ちょっとね。小坂《こさか》、忙《いそが》しくて、もう練習《れんしゅう》に来《こ》られないんだって」

早口《はやくち》でそう言《い》うと、みんなが、え～っと声《こえ》をあげた。

「ウソ！　悠馬《ゆうま》くん、もう来《こ》ないの？」

「忙《いそが》しいって、なにが？」

（そんなこと、こっちが聞《き》きたいよ！）

そう思《おも》ったけど、この子《こ》たちにそんなことを言《い》ったってしょうがない。

わたしは自分《じぶん》で自分《じぶん》を励《はげ》まして、ムリやり笑顔《えがお》を作《つく》った。

「中学生《ちゅうがくせい》はなにかと忙《いそが》しいんだよ。特《とく》に二学期《がっき》は行事《ぎょうじ》が多《おお》くてさ、わたしも体育祭《たいいくさい》の準備《じゅんび》があるから、前《まえ》みたいには来《こ》られないかも。同《おな》じ時期《じき》に、部活《ぶかつ》の新人戦《しんじんせん》もあるし」

すると、後輩《こうはい》たちは、顔《かお》を見合《みあ》わせてがっくりした。

「えー、麻衣《まい》ちゃんまで〜」

「さみしいなあ」

みんながあまりにもさみしがってくれるので、なんだか申《もう》し訳《わけ》ない気持《きも》ちになる。

正直《しょうじき》に言《い》うと、一学期《がっき》の間《あいだ》、部活《ぶかつ》のあとに週《しゅう》に何度《なんど》も小学校《しょうがっこう》へ通《かよ》うってけっこうしんどかった。

学校《がっこう》や塾《じゅく》の宿題《しゅくだい》もできないし、テレビを観《み》る時間《じかん》もなかったし。

それでも二学期《がっき》も無理《むり》をすれば、週一《しゅういち》くらいなら来《こ》られるかもって思《おも》ってたけど、小坂《こさか》が来《こ》ないとなると、モチベーションもさがってしまう。

「……あれ、タカさんは？」

ふと気《き》がついてあたりを見《み》まわす。

「さっき、練習《れんしゅう》メニューを持《も》ってきてくれたんだけど、すぐ帰《かえ》っちゃった。タカさんも忙《いそが》しいから、しばらく見《み》にこられないって」

わたしから引《ひ》き継《つ》いで今年度《こんねんど》のキャプテンをしているあやちゃんが、しょんぼりした様《よう》子《す》で答《こた》える。

（そうなんだあ）

タカさんだって仕事《しごと》しながらの指導《しどう》なんだから、大変《たいへん》だよね。

「もうすぐ秋《あき》の大会《たいかい》があるのに、わたしたちだけで大丈夫《だいじょうぶ》かなあ」

自信《じしん》がなさそうなあやちゃんの肩《かた》に、手《て》を置《お》く。

「大丈夫《だいじょうぶ》だよ。みんな、春《はる》からちゃんと練習《れんしゅう》してたもん。わたしも中学《ちゅうがく》の新人戦《しんじんせん》がんばるから、みんなもがんばってね」

そう言《い》って励《はげ》ますと、あやちゃんはちょっとだけ元気《げんき》がでたようだ。

そうだよねとうなずいた。

「麻衣《まい》ちゃん、秋《あき》の大会《たいかい》、今月《こんげつ》の最終日曜日《さいしゅうにちようび》にあるんだ。観《み》にきてくれる？」

（最終《さいしゅう》の日曜日《にちようび》かあ……）

部活《ぶかつ》の新人戦《しんじんせん》は、その前日《ぜんじつ》の土曜日《どようび》だ。

試合《しあい》の翌日《よくじつ》だから多分《たぶん》練習《れんしゅう》はオフだろうけど、小坂《こさか》といっしょじゃないと応援《おうえん》にも力《ちから》が入《はい》らないかもしれないな。

「うん、なるべく行《い》くようにするね」

あいまいに答《こた》えたら、あやちゃんはやっと笑顔《えがお》になった。

「じゃあ、そのときは悠馬《ゆうま》くんと来《き》てね！　……あ、いっけない。そろそろ練習終《れんしゅうお》わらなくちゃ。みんなー、集合《しゅうごう》！」

あやちゃんのかけ声《ごえ》で、みんながかけ寄《よ》ってくる。

「今日《きょう》の練習《れんしゅう》はこれで終《お》わりです。しばらくわたしたちだけでの練習《れんしゅう》になるけど、秋《あき》の大《たい》会《かい》にむけてがんばりましょう！」

あやちゃんの言葉《ことば》に、みんなが真剣《しんけん》な顔《かお》でうなずく。

（つい半年前《はんとしまえ》まで、わたしも小坂《こさか》もこの輪《わ》のなかにいたんだなあ）

ずいぶん遠《とお》い昔《むかし》のことみたいに感《かん》じられて、不思議《ふしぎ》な気持《きも》ちになる。

ふとコートのはしに転《ころ》がるボールを見《み》つけて、拾《ひろ》いあげた。

『ねえ、知《し》ってる？　星《ほし》が光《ひか》る瞬間《しゅんかん》を見《み》たら、願《ねが》いごとがひとつ叶《かな》うんだって！』

ミニバスからの帰《かえ》り道《みち》、わたしが小坂《こさか》に言《い》った言葉《ことば》。

小坂《こさか》は笑《わら》いとばしていたけど、あのとき、わたしは真剣《しんけん》に願《ねが》っていたんだ。

小坂《こさか》にとって、特別《とくべつ》な女《おんな》の子《こ》になりたいって。

(あのときのお星《ほし》さま、わたしのお願《ねが》い、ちゃんと覚《おぼ》えててくれてるのかな)

わたしは手《て》に持《も》っていたボールをその場《ば》でダダンとドリブルしてから、コートのはしにあるボールかごにむかってほうりなげてみた。

だけどボールは右《みぎ》にそれ、そのまま床《ゆか》を転《ころ》がっていった。


「じゃあね、麻衣《まい》ちゃん。ぜったい試合観《しあいみ》にきてねー！」

手《て》をふるミニバスチームの子《こ》たちに見送《みおく》られて、わたしは小学校《しょうがっこう》をあとにした。

(小坂《こさか》もだけど、タカさんまで練習《れんしゅう》に来《こ》ないなんて、心配《しんぱい》だなあ)

そういえば、うちの親《おや》が前《まえ》にニュースを観《み》ながら言《い》ってたっけ。

最近《さいきん》はどこのコンビニも、経営《けいえい》が苦《くる》しいんだって。

タカさん、なにか困《こま》ったことでもあったんだろうか。

（よし、小坂《こさか》のことも相談《そうだん》してみたいし、ちょっと寄《よ》ってみよう）

くるりと方向転換《ほうこうてんかん》して、わたしはタカさんのコンビニにむかって、歩《ある》きだした。


ドアを押《お》すと、レジカウンターから声《こえ》がかかった。

「いらっしゃいませ～。……おっ、麻衣《まい》ちゃん、ひさしぶり！」

レジに背《せ》をむけて、伝票整理《でんぴょうせいり》をしていたタカさんが、わたしを見《み》てにこっと笑《わら》う。

ほかにスタッフはいないようで、タカさんひとりだ。

お客《きゃく》さんも、雑誌《ざっし》コーナーで立《た》ち読《よ》みしている人《ひと》がひとりいるだけ。

店内《てんない》に流《なが》れるヒット曲《きょく》のBGM《ビージーエム》が、わざとらしいくらいはしゃいだ声《こえ》に聞《き》こえる。

「あ、ごめんな。今日《きょう》からミニバスの練習再開《れんしゅうさいかい》なのに、俺《おれ》、行《い》けなくて。夏休《なつやす》み中《ちゅう》にバイトの子《こ》が急《きゅう》にふたりやめるって言《い》いだして、人手《ひとで》が足《た》りなくてさ」

タカさんが、困《こま》ったようにまゆをさげる。

(やっぱり、思《おも》った通《とお》りだ)

前《まえ》に来《き》たとき、タカさんは遅刻《ちこく》してきたバイトの人《ひと》に注意《ちゅうい》できずにいたことがある。

きっと今回《こんかい》も、『急《きゅう》にやめられたら困《こま》る』って強《つよ》く言《い》えなかったんだろう。

自分《じぶん》の仕事《しごと》が増《ふ》えるだけなのに、人《ひと》がいいのにもほどがある。

「あのう、タカさんが来《こ》られない理由《りゆう》はわかったんですけど」

わたしが切《き》りだすと、タカさんはまた伝票《でんぴょう》に目《め》を落《お》として続《つづ》きを始《はじ》めた。

「ん〜？　ほかになにかあった？」

わたしはズバリ、タカさんに告《つ》げた。

「小坂《こさか》が、ミニバスの練習《れんしゅう》、もう来《こ》ないって言《い》いだしたんです」

すると、タカさんは伝票《でんぴょう》をめくっていた手《て》をぴたりと止《と》めた。

「……そっか」

一拍遅《いっぱくおく》れて返事《へんじ》をし、また伝票《でんぴょう》をめくりはじめる。

「ねえ、タカさん、なにか知《し》らないですか？　小坂《こさか》、最近《さいきん》なんか様子《ようす》がおかしいんです。

わたしとぜんぜん目《め》を合《あ》わそうとしてくれないし、なんか、わたしのことを避《さ》けてるみたいで」

「えっ、麻衣《まい》ちゃんを？　なんで？」

タカさんが、おどろいたようにこちらをふりかえる。

「わたしも、ぜんぜん心《こころ》あたりないんです。夏休《なつやす》み、いっしょにお祭《まつ》りに行《い》ったあたりから、まともに小坂《こさか》と話《はな》してなくて。ただあのとき、ちょっとしたケンカをしちゃって……。心《こころ》あたりってそれくらいだから、わたし、謝《あやま》ったんだけど、そんなんじゃないって言《い》うし」

そこで言葉《ことば》をきって、タカさんの顔《かお》を見上《みあ》げる。

「わたし、なにか小坂《こさか》をおこらせるようなこと言《い》っちゃったのかなあ」

言《い》いながら、涙《なみだ》があふれてきた。

「あ、いや、麻衣《まい》ちゃんが悪《わる》いわけじゃないよ。ぜったいちがう」

タカさんはあわてた様子《ようす》でズボンの両方《りょうほう》のポケットをさぐり、ミニタオルを差《さ》しだしてくれた。

「ほら、泣《な》かない泣《な》かない」

タカさんのタオルからふわっとたちのぼる柔軟剤《じゅうなんざい》の香《かお》りが、前《まえ》に小坂《こさか》に借《か》りたことのあるタオルと同《おな》じ香《かお》りで、ますます涙《なみだ》がこみあげてきた。

「……ごめんな、麻衣《まい》ちゃん」

タカさんがそう言《い》って申《もう》し訳《わけ》なさそうにわたしに謝《あやま》る。

どうして謝《あやま》るの？

タカさんはなんにも悪《わる》くないのに。

立《た》ち読《よ》みをしていたお客《きゃく》さんが、じろじろこっちを見《み》ている気配《けはい》に気《き》がついた。

こんなところで泣《な》いたら、タカさんに迷惑《めいわく》をかけてしまう。

「ごめんなさい、じゃあ、わたし、帰《かえ》ります」

早口《はやくち》でタカさんにそう告《つ》げて、逃《に》げるように店《みせ》をでる。

「あ、麻衣《まい》ちゃん、待《ま》てよ」

うしろからタカさんの声《こえ》が聞《き》こえたけれど、わたしは足《あし》を止《と》めなかった。

6 やる気《き》がでない……

（今日《きょう》も、いい天気《てんき》だなあ……）

夏休《なつやす》みが明《あ》けて半月《はんつき》がたったというのに、まだまだ暑《あつ》い。

だけど、日差《ひざ》しはずいぶん柔《やわ》らかくなってきたような気《き》がする。

昼休《ひるやす》み、莉緒《りお》と夏月《なつき》は『家庭科研究会《かていかけんきゅうかい》』の年間計画表《ねんかんけいかくひょう》の書《か》き方《かた》を先生《せんせい》に聞《き》きにいくと言《い》って、職員室《しょくいんしつ》に行《い》ってしまった。

なるたんも、お弁当《べんとう》を食《た》べたあと、部室《ぶしつ》の掃除当番《そうじとうばん》だからと言《い》って、教室《きょうしつ》をでていった。

あとに残《のこ》されたのはわたしひとりだ。

次《つぎ》のチャイムがなるまで、まだ二十分《にじゅっぷん》以上《いじょう》ある。

ほかのグループの子《こ》たちに声《こえ》をかけて仲間《なかま》に入《い》れてもらってもいいんだけど、今日《きょう》はそれすらやる気《き》が起《お》こらない。

（ひまだなあ。……あっ）

ほおづえをついて窓《まど》の外《そと》を見《み》ていたら、渡《わた》り廊下《ろうか》を男子《だんし》バスケ部《ぶ》の一団《いちだん》が歩《ある》いているのが見《み》えた。

体操服《たいそうふく》に着《き》がえているから、今《いま》から昼練《ひるれん》をするみたいだ。

（小坂《こさか》、いないかな）

首《くび》を伸《の》ばしてのぞきこむ。

二年生《ねんせい》の集団《しゅうだん》が通《とお》りすぎ、かたまって歩《ある》く一年《ねん》の子《こ》たちのうしろに、ぽつんとひとりで歩《ある》く小坂《こさか》の姿《すがた》が見《み》えた。

いつもは男子《だんし》の集団《しゅうだん》のなかでぎゃあぎゃあさわいでいることが多《おお》いのに、今日《きょう》はひとりでいるせいか、元気《げんき》がないように見《み》える。

（どうしちゃったんだろう、小坂《こさか》）

さっき、昼練《ひるれん》に行《い》く前《まえ》に、石崎《いしざき》くんから教《おし》えてもらった。

小坂《こさか》は、今度《こんど》の新人戦《しんじんせん》の日《ひ》、部活《ぶかつ》を休《やす》むのだそうだ。

新人戦《しんじんせん》といっても、試合《しあい》にだしてもらえるのは、二年生《ねんせい》が中心《ちゅうしん》だ。

だけど、小学校《しょうがっこう》の頃《ころ》からバスケをしている小坂《こさか》は、小柄《こがら》でも動《うご》きが速《はや》いから、試合《しあい》にだしてもらえるだけの実力《じつりょく》が十分《じゅうぶん》ある。

それなのに試合《しあい》を欠席《けっせき》するなんて、あんなにバスケが大好《だいす》きな小坂《こさか》らしくない。

理由《りゆう》を聞《き》いたけど、石崎《いしざき》くんもわからないって言《い》っていた。

（ぜったい変《へん》だよね？）

小坂《こさか》に直接《ちょくせつ》聞《き》いてみたいけど、よけいなことをしたら、ますますおこらせてしまうかもしれない。

そう思《おも》ったら、こわくてなにも聞《き》けなくなってしまう。

ひとりで歩《ある》く小坂《こさか》の姿《すがた》を目《め》で追《お》う。

（小坂《こさか》はいったいなにを思《おも》っているんだろう？　わたしのこと、ホントに嫌《きら》いになっちゃったのかな……）

ほおづえをつき、ぼんやり目《め》で追《お》っていたら、

「まいまい」

いきなりだれかに肩《かた》をたたかれた。

「ひっ！」

びっくりしてその場《ば》でぴーんと背筋《せすじ》を伸《の》ばす。

ふりかえると、なるたんがきょとんとして立《た》っていた。

「どしたの、そんなにびっくりして」

「あ、ううん！　なんでもない。ところで、なに？」

ごまかし笑《わら》いをして聞《き》いてみる。

「なにって……。教室《きょうしつ》にもどったら、まいまいが泣《な》きそうな顔《かお》で窓《まど》の外《そと》見《み》てたから、どうかしたのかなって思《おも》って」

なるたんの言葉《ことば》にどきっとする。

わたし、泣《な》きそうな顔《かお》なんてしてたんだ。

そんなつもりなかったのに。

なるたんはひとつ息《いき》をつき、わたしの前《まえ》の席《せき》に腰《こし》を下《お》ろした。

「まいまい、最近元気《さいきんげんき》ないね。もしかして、まだ小坂《こさか》のことで、悩《なや》んでるの？」

「……だってえ」

口《くち》のなかで、言葉《ことば》の続《つづ》きが消《き》えていく。

「そんなに悩《なや》むなら、直接本人《ちょくせつほんにん》に聞《き》けばいいじゃん。まいまいが知《し》りたいこと、ぜんぶ」

「そんなの、聞《き》けないよ」

わたしが両手《りょうて》と首《くび》をぶんぶん横《よこ》にふると、なるたんは不思議《ふしぎ》そうに首《くび》をかしげた。

「どうして？」

「だって、よけいなこと聞《き》いて、嫌《きら》われたくないもん。それにもう好《す》きじゃないから別《わか》れたいなんて言《い》われたら、立《た》ちなおれないし」

スカートのひだを指《ゆび》でなおしながら言《い》うと、ぺしっと頭《あたま》をはたかれた。

「んなわけないでしょ。なんでそんな風《ふう》に考《かんが》えるのかなあ。そういうの、まいまいらしくないよ」

なるたんは言《い》うだけ言《い》うと、わたしを置《お》いてさっさと席《せき》をはなれてしまった。

(うえ〜ん、なるたん、つめたい)

莉緒《りお》ならもっとわたしの話《はなし》を聞《き》いてくれるのに！

うらめしげに、なるたんの背中《せなか》を見《み》る。

中嶋《なかじま》とラブラブのなるたんには、わたしのこのせつない気持《きも》ちなんて、ぜったいわかんないよっ！

ばたりと机《つくえ》に突《つ》っぷす。

階段《かいだん》でけんか別《わか》れみたいになってから、もう一週間《いっしゅうかん》以上《いじょう》。

小坂《こさか》は、あれきりなんにも言《い》ってこない。

タイミングが悪《わる》いことに、このところ体育委員《たいいくいいん》の打《う》ち合《あ》わせが多《おお》くて、部活《ぶかつ》にもなかなか行《い》けていない。

たまに時間通《じかんどお》りに部活《ぶかつ》に行《い》ける日《ひ》があっても、そんなときに限《かぎ》って男子《だんし》と女子《じょし》の練習場所《れんしゅうばしょ》がちがったり、新人戦前《しんじんせんまえ》のミーティングがあったりして、すれちがいばっかりだった。

（あ〜あ、ついてないなあ）

机《つくえ》にほっぺたを押《お》しつけたまま、目《め》を閉《と》じたら、

「林《はやし》。寝《ね》てんの？」

またどれかに声《こえ》をかけられた。今度《こんど》は、男子《だんし》の声《こえ》だ。

ぱちっと目《め》をあけると、五十嵐《いがらし》が至近距離《しきんきょり》でわたしの顔《かお》をのぞきこんでいた。

（ひゃあっ！）

わたしはあわてて体《からだ》を起《お》こした。

「ね、寝《ね》てないよ！　な、なに？」

（消《け》しカスとか、ついてないよね？）

両手《りょうて》でほっぺたをさわって確認《かくにん》し、にいっとごまかすように笑《わら》う。

五十嵐《いがらし》は目《め》を真《ま》ん丸《まる》にしてから、ぷっとふきだした。

「おまえ、おもしれえな」

くすくす笑《わら》いながら、わたしにプリントを差《さ》しだした。

「これ、預《あず》かってきたし」

「……へっ？」

わたしはまじまじと、渡《わた》されたプリントに目《め》を落《お》とした。

「これ、なんのプリント？」

「あのさ、忘《わす》れてそうだからいちおう言《い》うけど、今日《きょう》の昼休《ひるやす》み、一年《ねん》の体育委員《たいいくいいん》で集《あつ》まることになってたの、覚《おぼ》えてる？」

「え！」

わたしは口《くち》をあけたまま、その場《ば》でかたまった。

黒板《こくばん》の日付《ひづけ》を見《み》て、真《ま》っ青《さお》になる。

(あっちゃあ)

確《たし》かにこの間《あいだ》の委員会《いいんかい》でそう言《い》われてたっけ。

石崎《いしざき》くんは昼練《ひるれん》があるから、わたしがひとりで行《い》かなきゃいけなかったのに、うっかり忘《わす》れてた！

この間《あいだ》も応援《おうえん》リーダーの選出《せんしゅつ》を忘《わす》れてたというのに、またやっちゃった……！

「……ごめんなさい、本当《ほんとう》に」

しょんぼりして謝《あやま》ると、五十嵐《いがらし》はあははと大《おお》きな口《くち》をあけて笑《わら》った。

「いいよ、いいよ。なにそんな本気《ほんき》で謝《あやま》ってんの。俺《おれ》、べつに先生《せんせい》じゃねえし」

五十嵐《いがらし》は笑《わら》いながら言《い》うと、あ、そうだとつけ足《た》した。

「今日《きょう》の放課後《ほうかご》、委員会《いいんかい》の全体《ぜんたい》ミーティングがあることは、覚《おぼ》えてる？」

「そっ、それは、大丈夫《だいじょうぶ》！　ちゃんと覚《おぼ》えてるよ！」

(って言《い》っても、今《いま》、五十嵐《いがらし》に言《い》われて思《おも》い出《だ》したんだけど)

心《こころ》のなかでこっそりつけ足《た》す。

「えらいえらい」

五十嵐《いがらし》は、にこにこ笑《わら》いながらわたしの頭《あたま》をなでた。

「また林《はやし》がなにかミスしても、俺《おれ》がしっかりフォローしてやるから、気《き》にすんな。じゃあまた放課後《ほうかご》な」

そう言《い》うと、右手《みぎて》をあげて教室《きょうしつ》からでていった。

んもう、なにそれ。

まるでわたしがなんにもできない子《こ》みたいじゃん。

五十嵐《いがらし》のやつ、失礼《しつれい》しちゃう！

ぷーっとほっぺたをふくらませていたら、そばにいた葵《あおい》とゆりなが、机《つくえ》を寄《よ》せてしゃべりかけてきた。

「えー、なに、まいまい。今《いま》の六組《ろっくみ》の五十嵐《いがらし》くんでしょ？」

「仲《なか》いいの？」

「え、五十嵐《いがらし》？　べつに仲《なか》いいってわけじゃないよ。体育委員会《たいいくいいんかい》でいっしょになるってだけ。なんで？」

聞《き》きかえすと、ふたりは顔《かお》を見合《みあ》わせてから、うふっと笑《わら》って首《くび》をすくめた。

「だって五十嵐《いがらし》くんって、サッカーめっちゃうまいんでしょ。クラブチームに入《はい》ってるんだよね？　新聞《しんぶん》とかに写真入《しゃしんい》りの記事《きじ》が載《の》るくらい上手《じょうず》だって聞《き》いたことあるよ」

「六組《ろっくみ》の子《こ》たちが言《い》ってたけど、性格《せいかく》もいいんだって。けっこう人気《にんき》あるんだよ」

(まあ、たしかにねえ)

五十嵐《いがらし》って見《み》た目《め》からしてスポーツ少年《しょうねん》って感《かん》じするし、しゃべりやすいし、いつもにこにこしてやさしいし、人気《にんき》があるのはわかる気《き》がする。

「あ、でも、だめじゃん。まいまい」

「そうだよ〜。彼氏《かれし》いるのに浮気《うわき》しちゃあ」

ふたりに言《い》われて、あははと笑《わら》いとばした。

「五十嵐《いがらし》は、ただ委員会《いいんかい》がいっしょってだけだもん。そんなんじゃないよ」

（……それに）

彼氏《かれし》って言《い》ったって、今《いま》の小坂《こさか》とわたしじゃあ、ホントにつきあってるかどうかも怪《あや》しいくらいだし。

「いやいや、そう思《おも》ってるのはまいまいだけかもよ？」

「彼氏《かれし》にヤキモチやかせないように気《き》をつけないと〜」

（小坂《こさか》がやくわけないよ）

そう思《おも》ったけど、葵《あおい》たちに言《い》ったってしょうがない。

わたしは笑《わら》ってごまかして、窓《まど》から外《そと》を見《み》た。

小坂《こさか》の姿《すがた》はもうとっくに消《き》えていた。

（はあ〜、どうしたら前《まえ》みたいに自然《しぜん》に話《はな》ができるようになるのかな）

外《そと》を見《み》ながらため息《いき》をついたら、昼休《ひるやす》みが終《お》わるチャイムがなった。

7 思《おも》いがけない告《こく》白《はく》

落《お》ちこんだ気《き》持《も》ちのまま、なんとかその日《ひ》の授《じゅ》業《ぎょう》を終《お》え、今日《きょう》もこれから委員会《いいんかい》だ。

（あ〜あ、今日《きょう》もまた部《ぶ》活《かつ》に行《い》けないのかなあ）

しかたないことなんだけど、新《しん》人《じん》戦《せん》前《まえ》だというのに、こんなに休《やす》んでしまったら、試《し》合《あい》にだしてもらえなくなるんじゃないだろうか。

それに、ますます小《こ》坂《さか》との距《きょ》離《り》が開《ひら》いてしまいそうで不《ふ》安《あん》になる。

（さっさと終《お》わらせて、ちょっとでも部《ぶ》活《かつ》に顔《かお》だそう。そしたら、小《こ》坂《さか》の姿《すがた》も見《み》られるかもしれないし）

そう思《おも》いながら教《きょう》科《か》書《しょ》を片《かた》付《づ》けていたら、莉《り》緒《お》が近《ちか》づいてくるのが見《み》えた。

「あれ、莉《り》緒《お》。どうしたの？　わたし、今《いま》から委《い》員《いん》会《かい》なんだけど」

「……うん。あのね」

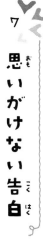

莉緒《りお》がもじもじしながら切《き》りだした。

石崎《いしざき》くんが応援《おうえん》リーダーの練習《れんしゅう》に行《い》くようになってから、同《おな》じ青団《あおだん》の女子《じょし》の先輩《せんぱい》が、石崎《いしざき》くんにしゃべりかけてくるようになったそうだ。

「まあ、応援《おうえん》リーダーは縦割《たてわ》りだからね。先輩《せんぱい》たちから、いろいろ指導《しどう》が入《はい》るんじゃないかな」

そう言《い》ってみたけど、莉緒《りお》はふるふると首《くび》を横《よこ》にふった。

「……なんていうか、そういう感《かん》じじゃないの。先輩《せんぱい》としてっていうよりも、女子《じょし》として智哉《ともや》くんに話《はな》しかけてるみたいな感《かん》じっていうか」

（ふーん、莉緒《りお》ったら、ヤキモチやいてるんだ）

そりゃあ石崎《いしざき》くんは目立《めだ》つから、先輩《せんぱい》たちからも人気《にんき》があるんだろうけど、あんなにやさしくて莉緒《りお》のことも大事《だいじ》にしてくれる彼氏《かれし》なんだから、そんなことで文句《もんく》を言《い》うなんてゼイタクだ。

「そんなに気《き》になるなら、自分《じぶん》で石崎《いしざき》くんに聞《き》いてみたら？」

（あっ、今《いま》の、なんかイヤな言《い》い方《かた》）

言《い》ってから、しまったと後悔《こうかい》したけど、もう遅《おそ》い。

莉緒《りお》は、しょんぼりと肩《かた》を落《お》として、「……そうだよね」とうつむいた。

「あ、あの、莉緒《りお》」

フォローしようと思《おも》ったけど、莉緒《りお》はかばんを両腕《りょううで》にかかえたまま、

「ごめんね、まいまい。忙《いそが》しいのに引《ひ》きとめて。じゃあ」

そう言《い》って、とぼとぼ教室《きょうしつ》をでていった。

(あ〜、もう、わたしのばかっ！)

お昼休《ひるやす》み、なるたんに同《おな》じことを言《い》われて、『そんなの、聞《き》けないよ』って言《い》ったくせに。

もう、サイアク。

わたしはなげやりな気持《きも》ちで、教科書《きょうかしょ》を押《お》しこんだかばんを乱暴《らんぼう》に持《も》ちあげた。

委員会終了後《いいんかいしゅうりょうご》、部活《ぶかつ》に行《い》けたらって思《おも》っていたのに、今日《きょう》も会議《かいぎ》が長引《ながび》いてしまった。

「お先《さき》に失礼《しつれい》します！」

教室《きょうしつ》を飛《と》びだし、靴《くつ》を履《は》きかえて、昇降口《しょうこうぐち》から外《そと》にでる。

(今日《きょう》は外練《そとれん》の日《ひ》だったよね)

制服《せいふく》のスカートをばさばさいわせてかけていく。

だけど、グラウンドには、もうだれもいなかった。

(はあ〜、もう終《お》わってたか)

がっくりと肩《かた》を落《お》とす。頭上《ずじょう》では、完全下校《かんぜんげこう》のアナウンスが流《なが》れはじめた。

「よう、なにしょんぼりしてんの？」

声《こえ》をかけられてふりかえると、五十嵐《いがらし》がにこにこ笑《わら》って立《た》っていた。

「なんだ、五十嵐《いがらし》か」

そう言《い》うと、五十嵐《いがらし》がむうっとくちびるを突《つ》きだした。

「なんだよ、俺《おれ》じゃわりいのかよ」

「……べつに、そうじゃないけどさ」

なげやりに言《い》って、校門《こうもん》にむかって歩《ある》きだす。

「なんかさー、林《はやし》、最近元気《さいきんげんき》ないよな？　なんかあった？」

五十嵐《いがらし》が、わたしのあとを追《お》いかけて聞《き》いてくる。

「だって、部活《ぶかつ》に行《い》けないし……」

しょんぼりして言《い》うと、

「マジで？　林《はやし》ってえらいな〜。俺《おれ》なんて、委員会《いいんかい》を理由《りゆう》にして部活《ぶかつ》さぼれるの、めっちゃうれしいのに」

五十嵐《いがらし》が、おどろいたように声《こえ》をあげた。

「あれっ、五十嵐《いがらし》ってサッカーがうまいってみんなに言《い》われてるんじゃないの？　なのに、部活《ぶかつ》、さぼりたいわけ？」

わたしもおどろいて聞《き》きかえしたら、五十嵐《いがらし》が顔《かお》をしかめた。

「ちがうって、サッカーはクラブチームでやってんの。俺《おれ》が言《い》ってるのは、部活《ぶかつ》のほうだよ。うちの中学《ちゅうがく》って、全員部活《ぜんいんぶかつ》に入《はい》らなきゃいけないだろ？　だから俺《おれ》、しかたなく入《はい》ってんの」

「あっ、そういうことか。ちなみに、五十嵐《いがらし》、何部《なにぶ》なの？」

わたしの質問《しつもん》に、「笑《わら》うなよ？」と念押《ねんお》しをしてから、五十嵐《いがらし》はぼそっと言《い》った。

「……茶道部《さどうぶ》」

わたしは真《ま》っ赤《か》に染《そ》まった五十嵐《いがらし》の顔《かお》をまじまじと見《み》てから、ぷーっとふきだした。

「ウソ、それ、ギャグでしょ！　なんでそんなの入《はい》ったわけ？」

すると五十嵐《いがらし》は赤《あか》い顔《かお》のまま言《い》い訳《わけ》した。

「活動日《かつどうび》が一番少《いちばんすく》なかったのが、茶道部《さどうぶ》だったんだよ！　言《い》っとくけど、俺《おれ》だけじゃなくてクラブチームでサッカーやってるやつ、全員茶道部《ぜんいんさどうぶ》なんだからな」

わたしは、真《ま》っ黒《くろ》に日焼《ひや》けした男子《だんし》たちが、神妙《しんみょう》な顔《かお》で正座《せいざ》してお茶碗《ちゃわん》をまわしているところを想像《そうぞう》してまたふきだした。

「おまえ、笑《わら》いすぎ！」

「あはは、だって～」

くすくす笑《わら》っていると、五十嵐《いがらし》がふっと目《め》を細《ほそ》めた。

「やっと、林《はやし》らしくなったな」

「えっ」

顔《かお》をあげると、五十嵐《いがらし》が両方《りょうほう》のひとさしゆびをまゆ毛《げ》にあてた。

「二学期《がっき》に入《はい》ってから、ずーっとこーんな顔《かお》してただろ、おまえ。今《いま》にも泣《な》きそうな顔《かお》して」

そう言《い》って、今度《こんど》はひとさしゆびをさげて泣《な》き顔《がお》を作《つく》る。

「でもさ、やっぱ林《はやし》は笑《わら》ってるほうがいいよ。元気《げんき》のかたまり、みたいなほうが、林《はやし》らしくていい」

（……五十嵐《いがらし》、わたしのこと、気《き》にかけてくれてたんだ）

そう思《おも》ったら、胸《むね》の奥《おく》がじんわりあたたかくなる。

「だから、なにか悩《なや》んでることあったら、なんでも聞《き》くよ。俺《おれ》でよければ」

にこにこ笑《わら》う五十嵐《いがらし》の顔《かお》を見《み》ていたら、ふいに口《くち》から言葉《ことば》がこぼれだした。

「……実《じつ》は」

そう言《い》いかけて、はっと口《くち》をつぐんだ。

ゆるい坂道《さかみち》の途中《とちゅう》、莉緒《りお》んちのマンションのそばにある車止《くるまど》めに、小坂《こさか》がひとり腰《こし》かけているのが見《み》えた。

「……小坂《こさか》！」

わたしが声《こえ》をかけると、小坂《こさか》が顔《かお》をあげた。

(もしかして、待《ま》っててくれたの？)

だけど、わたしと五十嵐《いがらし》の姿《すがた》を見《み》たとたん、小坂《こさか》はきゅっとくちびるを引《ひ》きむすんで立《た》ちあがると、かばんをかついで歩《ある》きだした。

「……え？　ちょっと、待《ま》って！　小坂《こさか》ってば！」

声《こえ》は聞《き》こえているはずなのに、小坂《こさか》はどんどん坂《さか》を下《くだ》っていく。

(なんで？　わたしのこと、待《ま》っててくれたんじゃないの？)

遠《とお》ざかっていく小坂《こさか》の背中《せなか》を、ぼうぜんと見《み》つめる。


「……もしかして、あいつ？　林《はやし》が悩《なや》んでる原因《げんいん》って」

うしろから、声《こえ》をかけられた。

ふりかえると、五十嵐《いがらし》が心配《しんぱい》そうにわたしの顔《かお》をのぞきこんでいる。

その顔《かお》を見《み》ていたら、急《きゅう》に話《はなし》を聞《き》いてもらいたくなった。

「……うん、そうなんだ。あのね」

わたしは、五十嵐《いがらし》に小坂《こさか》とのことをぽつりぽつりと話《はな》しはじめた。

夏祭《なつまつ》りで気《き》まずくなってしまったこと。

それ以来《いらい》、まともに話《はなし》ができずにいること。

二学期《がっき》に入《はい》って、とつぜん、ミニバスの練習《れんしゅう》に行《い》かないって言《い》いだしたこと……。

どうしてほかのクラスの、しかも男子《だんし》の五十嵐《いがらし》にこんな話《はなし》をしているのか、自分《じぶん》でもわからない。

だけど、だれかに聞《き》いてほしかったのだ。

わたしの今《いま》の気持《きも》ちを。


「……それでね、小坂《こさか》がなにを考《かんが》えてるのか、わたしのこと、どう思《おも》ってるのか、ぜんぜんわからないんだ」

ぜんぶ話《はな》しおえると、五十嵐《いがらし》は自分《じぶん》のえりあしをなでて、ひとつ息《いき》をついた。

「そっか。それで、林《はやし》、ずっと元気《げんき》がなかったのか」

「ねえ、五十嵐《いがらし》はどう思《おも》う？　男子《だんし》の立場《たちば》で、教《おし》えてくれない？」

すると、五十嵐《いがらし》はしばらく上《うえ》をむいて、うーんと考《かんが》えたあと、わたしの目《め》を見《み》てズバリ言《い》った。

「あいつ、林《はやし》のこと好《す》きじゃないんじゃない？」

「えっ」

思《おも》わず聞《き》きかえす。

「俺《おれ》なら、好《す》きな子《こ》にそんなことしない」

まさか、そんなにはっきり言《い》われるとは思《おも》わなかった。

胸《むね》にずきんと痛《いた》みが走《はし》る。

「……やっぱ、そうかな」

ふるえそうな声《こえ》で聞《き》くと、五十嵐《いがらし》はきっぱりとうなずいた。

「うん、まちがいないと思《おも》う」

(そっか、男子的《だんしてき》に見《み》てもやっぱ、そうなんだ……)

ずっと心《こころ》のなかでそうかなって思《おも》ってたけど、まちがいないとまで言《い》われると、さすがに落《お》ちこんでしまう。

「そっかあ……」

そう答《こた》えるだけで精《せい》いっぱいだった。

これ以上《いじょう》、なにか話《はな》すと、涙《なみだ》がこぼれてしまいそうだったから。

おたがいだまりこみ、その場《ば》に立《た》ちつくす。

暑《あつ》いくらいの西日《にしび》が、わたしと五十嵐《いがらし》に容赦《ようしゃ》なく照《て》りつける。

どのくらいそうしていただろう。

ふいに五十嵐《いがらし》が、「あのさ」と言《い》った。

「あんなやつやめて、俺《おれ》にしたら？」

「えっ」

とつぜんの言葉《ことば》に、おどろいて顔《かお》をあげる。

「一学期《がっき》から、委員《いいん》の仕事《しごと》をいっしょにしてて、ずっと林《はやし》のこと、いいなって思《おも》ってた。林《はやし》が、バスケ部《ぶ》のやつとつきあいだしたって聞《き》いて、マジかよって思《おも》ったけど、両想《りょうおも》いならしょうがないなって思《おも》ってた。あきらめなきゃなって。でも、林《はやし》にそんな顔《かお》させるようなやつなら、俺《おれ》、あきらめたくない」

逆光《ぎゃっこう》のなかで、五十嵐《いがらし》がじっとわたしを見《み》つめる。

「返事《へんじ》は急《いそ》がないから、ゆっくり考《かんが》えといて。俺《おれ》、待《ま》ってるから」

そう言《い》うと、五十嵐《いがらし》は真《ま》っ白《しろ》な歯《は》を見《み》せて笑《わら》った。

「じゃあ、またな。俺《おれ》、今《いま》から飯食《めしく》って練習《れんしゅう》あるし」

五十嵐《いがらし》は、肩《かた》にかついだかばんを持《も》ちなおし、角《かど》の家《いえ》を左《ひだり》に曲《ま》がっていった。


（は、はわわわわ）

その場《ば》に取《と》り残《のこ》されたわたしは、肩《かた》にかけていたかばんをぼとんと地面《じめん》に落《お》っことした。

ウソ。

五十嵐《いがらし》がわたしのことを？

信《しん》じられない！

だいたい、莉緒《りお》やなるたんみたいに美形《びけい》じゃないわたしが、みんなに人気《にんき》がある男子《だんし》に告白《こくはく》されるなんて、ありえない！

（だ、だけどわたし、小坂《こさか》とつきあってるし……！）

そこで、ふいにさっき五十嵐《いがらし》に言《い》われた言葉《ことば》を思《おも》い出《だ》す。
『あいつ、林《はやし》のこと好《す》きじゃないんじゃない？』
すっと体温《たいおん》がさがった気《き》がした。
（はあ〜、やっぱりそうなのかなあ）
地面《じめん》に落《お》ちたかばんを拾《ひろ》いあげ、ゆるい坂道《さかみち》を、ゆっくりと歩《ある》きだした。

交差点《こうさてん》の前《まえ》に立《た》ち、信号《しんごう》が青《あお》に変《か》わるのを待《ま》つ。
横断歩道《おうだんほどう》の向《む》こうには、いつも小坂《こさか》と寄《よ》り道《みち》をしていたつつじ台公園《だいこうえん》が見《み》える。
『おい、でんでんむし！』
わたしをからかう小坂《こさか》の笑顔《えがお》。
ふたりで食《た》べた、アイスの味《あじ》。
風《かぜ》をきって立《た》ちこぎしたブランコ。
『俺《おれ》から言《い》おうと思《おも》ってたのに』
わたしが小坂《こさか》に好《す》きって伝《つた》えたあと、小坂《こさか》が言《い》ってくれた言葉《ことば》。

ほんの数《すう》か月前《げつまえ》のことなのに、あの日《ひ》のわたしたちから、いったいなにが変《か》わっちゃったんだろう？

目《め》の前《まえ》を通《とお》りすぎていく車《くるま》が、涙《なみだ》でにじむ。

信号《しんごう》が、青《あお》に変《か》わった。

わたしは一度《ど》だけ洟《はな》をすすりあげてから、足早《あしばや》に公園《こうえん》を通《とお》りすぎた。

8 オンナのシアワセ

「……ただいま」

暗《くら》い気持《きも》ちで家《いえ》に帰《かえ》りつくと、玄関《げんかん》に茶色《ちゃいろ》のローファーが散《ち》らばっていた。

亜衣姉《あいねえ》がめずらしく先《さき》に帰《かえ》っているようだ。

(んもう、靴《くつ》くらい揃《そろ》えてよね)

自分《じぶん》が脱《ぬ》いだスニーカーの横《よこ》に、亜衣姉《あいねえ》のローファーをならべる。

高校生《こうこうせい》の亜衣姉《あいねえ》は、この街《まち》からちょっとはなれた高校《こうこう》に電車《でんしゃ》で通《かよ》っている。

だから、いつも朝《あさ》はわたしよりも早《はや》く家《いえ》をでるし、夜《よる》はわたしが晩《ばん》ごはんを食《た》べおわる頃《ころ》に帰《かえ》ってくる。

(今日《きょう》は、なんでこんなに早《はや》いんだろ？)

不思議《ふしぎ》に思《おも》いながらリビングのドアをあける。

「ただいま」

リビングに足《あし》を踏《ふ》みいれて、ぎょっとした。

真《ま》っ暗《くら》な部屋《へや》のなか、あるのはテレビのあかりだけ。

その前《まえ》で、亜衣姉《あいねえ》とママがふたりならんで号泣《ごうきゅう》している。

「ちょ、ちょっと、ふたりとも、どうしたの？」

ドア横《よこ》のスイッチを押《お》して、部屋《へや》の電気《でんき》をつける。

大《おお》きなテレビ画面《がめん》のなかでは、ママと亜衣姉《あいねえ》が今一番《いまいちばん》推《お》している『タイガ』とかいう俳《はい》
優《ゆう》さんと女優《じょゆう》さんが抱《だ》きあっていた。

「あー、麻衣《まい》、おかえり〜。ごべんごべん、録画《ろくが》してたドラマ、おねえちゃんと観《み》ててさ」

ママがピッとリモコンで画面《がめん》を止《と》めてから、
ブビーッ！

ものすごい音《おと》を立《た》てて洟《はな》をかんだ。

「あ〜、もう泣《な》けるわあ」

「ほ〜んと、タイガ、最高《さいこう》！」

ママと亜衣姉《あいねえ》は、ゴールデンウィークに観《み》た映画《えいが》をきっかけに、すっかりタイガファンになってしまったのだ。

（また、それか）

（……でも、その人《ひと》、私生活《しせいかつ》では子《こ》どもがふたりもいるおじさんだよね）

あきれながら、キッチンカウンターの上《うえ》にお弁当袋《べんとうぶくろ》をのせる。

「亜衣姉《あいねえ》、なんで今日《きょう》はこんなに早《はや》いの？」

わたしが聞《き》くと、亜衣姉《あいねえ》はティッシュを鼻《はな》の穴《あな》につめて答《こた》えた。

「今日《きょう》は試験前《しけんまえ》だし、午前授業《ごぜんじゅぎょう》だったんだ。それで、録《と》りためてたドラマ観《み》てたわけ」

「ねーっ」

ママと顔《かお》を見合《みあ》わせて首《くび》をかしげる。

（だったら、試験勉強《しけんべんきょう》しなよ）

そう思《おも》ったけど、そこはツッコまないことにした。

「あっ、そう。それはよかったね」

いかにも興味《きょうみ》ありませんというように、適当《てきとう》に返事《へんじ》をしたのに、ママは興奮気味《こうふんぎみ》に解説《かいせつ》しはじめた。

「これ、純愛《じゅんあい》ものでね、ずっとほかの男《おとこ》を追《お》いかけてたヒロインのことをタイガが一途《いちず》に思《おも》いつづけててね」

ママのあとを継《つ》ぐように、亜衣姉《あいねえ》もティッシュの箱《はこ》を片手《かたて》に語《かた》りだす。

「やっと今《いま》、ヒロインがタイガの本物《ほんもの》の愛《あい》に気《き》がついて、むすばれたとこなのよう！」

きゃ〜〜〜っ！

ふたりが手《て》を取《と》りあってはしゃぎだす。

（……知《し》らないよ、そんなの）

わたしはママからリモコンを奪《うば》いとり、録画《ろくが》の画面《がめん》からテレビ画面《がめん》へと切《き》りかえた。

「げっ、なにすんのよ」

「今《いま》いいとこだったのに！」

ふたりがぶうぶう文句《もんく》を言《い》いだしたけれど、無視《むし》してニュースにチャンネルを変《か》える。

「いつまでも観《み》てちゃ、晩《ばん》ごはんが遅《おそ》くなるでしょ」

つめたく言《い》いはなつと、ママと亜衣姉《あいねえ》はぷーっとほっぺたをふくらませた。

「いやあねえ、麻衣《まい》ってば。今《いま》の言《い》い方《かた》、パパそっくり」

「ちがうちがう、おばあちゃんだよ」

「あら、そうかも」

(どっちだっていいよ)

聞《き》こえるように悪口《わるくち》を言《い》ってくるふたりを無視《むし》して、洗面所《せんめんじょ》へむかう。

(だいたい、わたしは今《いま》それどころじゃないんだよ。小坂《こさか》のことで落《お》ちこんでるっていうのに、のんきにドラマとか観《み》ちゃってさ!)

手洗《てあら》いうがいをすませ、ふたたびリビングにもどってくると、ママと亜衣姉《あいねえ》は、晩《ばん》ごはんの準備《じゅんび》をしながら、まださっきのドラマの話《はなし》で盛《も》りあがっていた。

「だいたいさあ、あのヒロイン、鈍感《どんかん》すぎじゃない?」

亜衣姉《あいねえ》がごはんをよそいながら言《い》うと、

「ホントよねえ。ママもイラッときたわあ」

ママが食器《しょっき》をならべて同意《どうい》する。

「あんだけ男《おとこ》につめたくされて、まだ好《す》きでいるってどんだけしぶといのよ。いいかげん、嫌《きら》われてることに気《き》づけよって感《かん》じ！」

しゃもじをふりまわして熱《あつ》く語《かた》る亜《あ》衣《い》姉《ねえ》の言葉《ことば》に、どきっとした。

（それって、もしかして、わたしのこと……？）

すると、わたしのとなりでママがうんうんとうなずいた。

「わかる〜。やっぱり好《す》きになってもふりむいてくれない相《あい》手《て》よりも、愛《あい》してくれる相《あい》手《て》じゃないとオンナはシアワセになれないわよ」

（え〜〜〜っ、やっぱ、そうなの〜〜〜っ⁇）

思《おも》わずママの顔《かお》を見《み》ると、

「どしたの、麻《ま》衣《い》」

きょとんとしてママが言《い》った。

「べ、べつになんでもないよ」

わたしはささっと視《し》線《せん》をそらして、テーブルについた。

（ま、まさかこのふたり、わたしと小《こ》坂《さか》の今《いま》の状況《じょうきょう》をわかってて、この話題《わだい》ふってるんじゃないよね？）

横目《よこめ》でちらちら見《み》るけど、ふたりとも、しあわせそうにもりもりごはんを食《た》べている。

(……そんなわけ、ないか)

気《き》を取《と》りなおして、わたしもごはんを口《くち》に運《はこ》びながら、ぼんやりと考《かんが》える。

やっぱり、わたし、小坂《こさか》に嫌《きら》われたのかな。

ママたちが言《い》うように、いくら好《す》きになっても、しかたないんだろうか。

「麻衣《まい》、さっきからなんか元気《げんき》ないねえ」

ママがわたしの顔《かお》をのぞきこむ。

どきーん！

思《おも》わず、おはしを落《お》としそうになる。

「そ、そんなことないよ？」

「ふーん、ならいいけど」

あわててごはんを口《くち》に入《い》れたけど、ぜんぜん味《あじ》がわからない。

わたしがもそもそとごはんを食《た》べている間《あいだ》に、ママも亜衣姉《あいねえ》も食《た》べおえてしまったようで、てきぱき食器《しょっき》を片付《かたづ》けはじめた。

「ほら、麻衣《まい》もさっさと食《た》べちゃいなよ」

ママはキッチンに入《はい》り、ザーッと食器《しょっき》に水《みず》をかけはじめた。

しばらくだまってひとりで食《た》べていたけれど、

「……あのさ」

わたしはお茶碗《ちゃわん》をテーブルに置《お》き、ソファに寝《ね》っ転《ころ》がってテレビを観《み》ている亜衣姉《あいねえ》に小《こ》声《ごえ》で問《と》いかけた。

「さっきの話《はなし》だけど……。自分《じぶん》が好《す》きな相手《あいて》よりも、好《す》きになってくれる相手《あいて》のほうがいいって、ホント？」

すると、亜衣姉《あいねえ》がすごい勢《いきお》いで飛《と》びおきた。

「なによ、麻衣《まい》。あんたまさか、だれかに告白《こくはく》とかされたの？　ってか、まさか彼氏《かれし》ができたとか言《い》わないよね」

どきどきどっきーん！

わたしは動揺《どうよう》していることを悟《さと》られないように、平静《へいせい》をよそおった。

「ち、ちがうよ。そんなんじゃなくて、なんていうか、一般論《いっぱんろん》！　将来《しょうらい》のために知《し》っておこうと思《おも》って」

言《い》い訳《わけ》するように言《い》うと、

「ホントに〜？」

亜《あ》衣《い》姉《ねえ》はうたがわしそうな目《め》で、じろじろわたしを見《み》てから答《こた》えた。

「……まあ、わたしは彼氏《かれし》がいないしわかんないけど、一般的《いっぱんてき》に言《い》ったらそうかもね。オトコって追《お》いかけたら逃《に》げるいきものみたいだし」

（そうなのか……！）

わたしは身《み》を乗《の》りだして、続《つづ》きをうながした。

「そ、それで？」

「まわりの子《こ》見《み》てても、結局長続《けっきょくながつづ》きしてるのは、男子《だんし》のほうから告白《こくはく》してきたカップルだしね。やっぱ、オンナは愛《あい》されてなんぼなんじゃないの？　ママだってそう言《い》ってたし」

亜《あ》衣《い》姉《ねえ》はそう言《い》うと、またごろんとソファに寝《ね》っ転《ころ》がった。

「あー、やっぱ、リアルな恋愛《れんあい》めんどくさ！　わたしゃ、ドラマや映画《えいが》で十分《じゅうぶん》だわ」

亜《あ》衣《い》姉《ねえ》が、足《あし》をバタバタさせて、がははと笑《わら》う。

（愛《あい》されて、なんぼ……！）

わたしは再《ふたた》びお茶碗《ちゃわん》を手《て》にして、猛然《もうぜん》とごはんを食《た》べはじめた。

そっか。

男《おとこ》は追《お》いかけたら逃《に》げるいきものなんだ。

わたしがあんまり小坂《こさか》のことを好《す》きすぎるから、ドン引《び》きされちゃったんだろうな、きっと。

『あんなやつやめて、俺《おれ》にしたら？』

そこで、五十嵐《いがらし》の顔《かお》が思《おも》い浮《う》かんだ。

五十嵐《いがらし》は、わたしに待《ま》ってるって言《い》っていた。

ということは、早目《はやめ》に小坂《こさか》のことはきれいさっぱりあきらめて、わたしを好《す》きだと言《い》ってくれる五十嵐《いがらし》とつきあったほうがいいんだろうか。

（レンアイってそういうものなのかな？）

あー、わたしには、わかんないよ！

9 スイーツ試《し》食《しょく》会《かい》

「本日《ほんじつ》は家庭科研究会《かていかけんきゅうかい》初《はつ》のスイーツ試食会《ししょくかい》に来《き》てくださって、ありがとうございます！」

夏月《なつき》が言《い》うと、そのとなりで莉緒《りお》が顔《かお》を真《ま》っ赤《か》にして続《つづ》けた。

「これからふたりで力《ちから》を合《あ》わせてがんばっていきますので」

そこで言葉《ことば》をきって、

「……せーの、よろしくお願《ねが》いいたします！」

ふたりは声《こえ》をそろえて、頭《あたま》をさげた。

ぱちぱちぱちぱちぱち

拍手《はくしゅ》が部屋《へや》にひびく。

……といっても、参加者《さんかしゃ》はわたしとなるたんのふたりだけ。

しかも、ここは莉緒《りお》んちのマンションなんだけど。

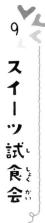

九月《がつ》から莉緒《りお》と夏月《なつき》のふたりで再始動《さいしどう》した『家庭科研究会《かていかけんきゅうかい》』。お菓子作《かしづく》りが大好《だいす》きなふたりは、部活動《ぶかつどう》の一環《いっかん》として、これから定期的《ていきてき》にスイーツ試食《ししょく》会《かい》を開催《かいさい》し、部員数《ぶいんすう》を少《すこ》しずつ増《ふ》やすことにしたのだそうだ。

今日《きょう》は、その予行演習《よこうえんしゅう》ってわけ。

「では、早速試食《さっそくししょく》にうつりたいと思《おも》います！」

そう言《い》うと、ふたりはいそいそとキッチンへ入《はい》っていった。

ダイニングテーブルにつかされたわたしとなるたんの前《まえ》には、手作《てづく》りのテーブルマットが敷《し》かれている。

「今月《こんげつ》のスイーツは、『レモン』をテーマにしました」

「メニューは、レモンとはちみつのマドレーヌ、それからレモンシャーベットと、レモネードスカッシュです」

ふたりは、まるでカフェの店員《てんいん》さんのように、テーブルマットの上《うえ》にスイーツをならべていく。

くすんだブルーのお皿《さら》の上《うえ》には、貝殻《かいがら》の形《かたち》のマドレーヌがふたつ。

そのとなりには、本物《ほんもの》のレモンを器《うつわ》がわりにしたシャーベット。

ミントが飾《かざ》られたレモネードスカッシュが入《はい》ったグラスからは、しゅわしゅわと泡《あわ》がはじける音《おと》がしている。

「うわあ、おいしそう！」

「けっこう本格的《ほんかくてき》じゃん」

わたしとなるたんがそう言《い》うと、ふたりは満足《まんぞく》そうにうなずいた。

「さ、食《た》べて食《た》べて！」

夏月《なつき》にすすめられ、わたしたちはぱちんと手《て》を合《あ》わせた。

「いただきま〜す！」

まずは、レモンシャーベットをスプーンですくって口《くち》に入《い》れる。

冷《つめ》たいシャーベットが、口《くち》のなかですっと溶《と》けていく。

（ふわあ、レモンなのに甘《あま》くておいしい！）

次《つぎ》に、マドレーヌを食《た》べてみた。

生地《きじ》のなかに、刻《きざ》んだレモンの皮《かわ》が入《はい》っていて、歯《は》ざわりがよく、甘《あま》さもちょうどいい。

レモネードスカッシュも、さわやかな酸味《さんみ》があっておいしかった。

甘《あま》さはお手製《てせい》のシロップで調節《ちょうせつ》できるんだそうだ。

味《あじ》といい、テーブルセッティングといい、とても、わたしと同《おな》じ中学《ちゅうがく》一年生《ねんせい》が作《つく》ったものだとは思《おも》えない！

（……っていうか、うちのママより上手《じょうず》かも）


「ねっ、どう？」

夏月《なつき》と莉緒《りお》が、息《いき》をつめ、真剣《しんけん》な表情《ひょうじょう》で聞《き》いてくる。

わたしとなるたんは顔《かお》を見合《みあ》わせてから、ひとさしゆびと親指《おやゆび》で丸《まる》を作《つく》った。

「最高《さいこう》！」

「そこらのお店《みせ》よりもずっとおいしいよ」

その言葉《ことば》を聞《き》いて、

「でっしょ〜〜〜♪♪」

夏月《なつき》が、鼻《はな》の穴《あな》をふくらませる。

「お菓子《かし》だけじゃなくて、お皿《さら》をどれにするか、盛《も》りつけはどうするかもふたりでちゃんと話《はな》しあったんだよ。莉緒《りお》んち、いっぱいおしゃれな器《うつわ》があるし、選《えら》ぶのも楽《たの》しかったんだよね♪」

夏月《なつき》の言葉《ことば》に、莉緒《りお》がはずかしそうにうなずいた。

「わたしのお母《かあ》さん、食器《しょっき》買《か》うのが大好《だいす》きだから」

すると、夏月《なつき》がひるんだ顔《かお》になった。

「ゲッ、じゃあ、お母《かあ》さん、今日《きょう》使《つか》った器《うつわ》も、大事《だいじ》にしてるんじゃないの？　勝手《かって》に使《つか》ってよかった？」

だけど莉緒《りお》は、すぐにううんと首《くび》を横《よこ》にふった。

「お母《かあ》さん、『どんなに高《たか》い食器《しょっき》でも、使《つか》わなきゃ意味《いみ》がない』っていつも言《い》ってるし、それに友《とも》だちが家《いえ》に来《き》てくれるからって言《い》ったら、すっごく喜《よろこ》んでたから、大丈夫《だいじょうぶ》」

「あっ、よかったあ〜。それ聞《き》いて、ホッとした」

夏月《なつき》が脱力《だつりょく》する姿《すがた》を見《み》て、莉緒《りお》が声《こえ》をあげて笑《わら》う。

わたしは、ふっとほほえんで莉緒《りお》の表情《ひょうじょう》を見《み》た。

（よかったね、莉緒《りお》）

入学《にゅうがく》してすぐの頃《ころ》、莉緒《りお》はそのアイドルみたいにかわいらしい見《み》た目《め》でものすごく目《め》立《だ》っていた。

だけど、いつもひとりぼっちだった。

気《き》になって、同《おな》じ小学校《しょうがっこう》出身《しゅっしん》の子《こ》たちに聞《き》いてみたけど、昔《むかし》からそうだったらしい。

その後《ご》、さみしそうなその姿《すがた》を見《み》かねて、わたしから声《こえ》をかけたのがきっかけで仲《なか》よくなった。

いざ話《はなし》をしてみると、莉緒《りお》はおとなしそうな外見《がいけん》とはちがって、少女《しょうじょ》まんがおたくで実《じつ》はけっこうおしゃべりな女《おんな》の子《こ》だった。

でも、ふたりだけだとすごくよくしゃべるのに、ほかの女子《じょし》とは自分《じぶん》から積極的《せっきょくてき》に話《はな》そうとしてなかったんだよね。

そんななか、学年《がくねん》で一番人気《いちばんにんき》がある石崎《いしざき》くんとつきあいだしちゃったもんだから、まわりの女子《じょし》たちからは、『かわい子《こ》ぶってる』なんてますます悪《わる》く言《い》われるようになってしまった。

今《いま》、こんなに仲《なか》よくしている夏月《なつき》だって、最初《さいしょ》の頃《ころ》はバレー部《ぶ》で同《おな》じクラスの恒川《つねかわ》あずみといっしょになって、莉緒《りお》のことを悪《わる》く言《い》ってたくらいだし。

だけど、『家庭科研究会《かていかけんきゅうかい》』に入部《にゅうぶ》することになったあたりから、なるたん、夏月《なつき》とも仲《なか》よくなって、今《いま》ではすっかり打《う》ち解《と》けている。

莉緒《りお》は元々《もともと》性格《せいかく》がいい子《こ》だから、まわりの子《こ》たちが莉緒《りお》のよさに気《き》がついたっていうのもあるけど、莉緒《りお》が自分《じぶん》に自信《じしん》を持《も》てるようになったのが一番《いちばん》の理由《りゆう》のような気《き》がする。

(それって、石崎《いしざき》くんの存在《そんざい》が大《おお》きいんだろうな、きっと)


「ごちそうさまでした〜」

わたしとなるたんが手《て》を合《あ》わせると、莉緒《りお》と夏月《なつき》はすばやくお皿《さら》をさげ、あたたかい紅《こう》茶《ちゃ》をだしてくれた。

「これで第一回家庭科研究会《だいいっかいかていかけんきゅうかい》・スイーツ試食会《ししょくかい》は終了《しゅうりょう》です」

ふたりが頭《あたま》をさげると、わたしとなるたんは大《おお》きな拍手《はくしゅ》をした。

「すごい、大成功《だいせいこう》じゃん！」

「ていうか、うちらこんなおいしいお菓子《かし》、ただでごちそうになってよかったわけ？」

なるたんの質問《しつもん》に、夏月《なつき》がううんと首《くび》をふった。

「レモンは、となり町《まち》に住《す》んでるうちのおじいちゃんにもらったやつだし、ほかの材料《ざいりょう》も家《いえ》にあったのを使《つか》ってるから、ほとんどお金《かね》、使《つか》ってないよね」

となりで莉緒《りお》も、うんとうなずく。

「それに学校《がっこう》から、活動費《かつどうひ》が支給《しきゅう》されることになってるから、そのなかで作《つく》れるものを作《つく》っていくって感《かん》じなの」

「あ、そのかわり、これに記入《きにゅう》してよね」

そう言《い》って、夏月《なつき》がわたしとなるたんの前《まえ》にプリントを置《お》いた。

『第一回家庭科研究会《だいいっかいかていかけんきゅうかい》・スイーツ試食会参加《ししょくかいさんか》アンケート』と書《か》いてある。

「いちおう部活動《ぶかつどう》の一環《いっかん》だから、これを書《か》いてもらって先生《せんせい》に提出《ていしゅつ》しなくちゃいけないんだ。次《つぎ》からは、家庭科室《かていかしつ》を使《つか》わせてもらえることになってるから、いろんな子《こ》に声《こえ》をかけて大勢参加《おおぜいさんか》してもらうつもりだよ」

「ふ〜ん」

どっちにしろ、こんなおいしいものを食《た》べさせてもらえるなら、何度《なんど》だって参加《さんか》したい。

ほかの子《こ》たちだって、きっと参加《さんか》したがるだろう。

「部員《ぶいん》、増《ふ》えるといいね」

なるたんの言葉《ことば》に、夏月《なつき》は肩《かた》をすくめた。

「まあね〜、でもあんまり人数《にんずう》が多《おお》いと、またバレー部《ぶ》のときみたいにもめ事《ごと》が増《ふ》えそうだし、わたしは莉緒《りお》とふたりだけでもいいかなってちょっと思《おも》ってるんだけど」

(……たしかにね)

夏月《なつき》は、以前《いぜん》なるたんと同《おな》じ女子《じょし》バレーボール部《ぶ》にいた。

だけど、そこでの人間関係《にんげんかんけい》に悩《なや》んで、今《いま》は莉緒《りお》とふたりきりの家庭科研究会《かていかけんきゅうかい》に転部《てんぶ》したのだ。

入学《にゅうがく》したばかりの頃《ころ》の夏月《なつき》は、あずみの子分《こぶん》みたいな感《かん》じがして、正直《しょうじき》あまりいい印象《いんしょう》を持《も》っていなかった。

だけど、今《いま》の夏月《なつき》はいきいきしている。

雰囲気《ふんいき》が変《か》わったといえば、なるたんもそうだ。

元々《もともと》さばさばしていて一匹狼《いっぴきおおかみ》タイプだったけど、わたしたちと仲《なか》よくなってから、表情《ひょうじょう》が柔《やわ》らかくなった気《き》がする。

（……っていうか、それももしかしたら中嶋《なかじま》のおかげかな？）

どっちにしろ、みんな、一学期《がっき》を終《お》えて成長《せいちょう》したってことだ。

わたし以外《いがい》は。

10 みんなからのエール

「はい、これでいい？」

わたしは書《か》きおえたアンケートを莉緒《りお》に手渡《てわた》した。

夏月《なつき》と莉緒《りお》はふたりでわたしとなるたんのかえしたアンケートに目《め》を通《とお》し、うれしそうに顔《かお》を見合《みあ》わせた。

「『本物《ほんもの》のカフェメニューみたい』だって！」

「『売《う》り物《もの》になりそう』って書《か》いてあるよ」

「やったね♪　大成功《だいせいこう》！」

ふたりが、ぱちんとハイタッチをする。

「来月《らいげつ》はなににしよう？」

「十月《がつ》かあ……。秋《あき》だしサツマイモとか栗《くり》とかどう？」

「あ、それいいかも！」

ふたりは、すっかり盛《も》りあがっている。

「夏月《なつき》、バレー部《ぶ》のときより楽《たの》しそうだよね」

なるたんが、こっそり耳打《みみう》ちしてきた。

「うん、そうだね」

わたしが答《こた》えたら、なるたんが紅茶《こうちゃ》のカップを手《て》にまゆをひそめた。

「さっきから思《おも》ってたんだけど、まいまい、元気《げんき》ないね」

「そうかな？　べつにそんなことないよ」

ごまかすように、紅茶《こうちゃ》を飲《の》む。

すると莉緒《りお》と夏月《なつき》もうんうんとうなずいた。

「わたしも思《おも》ってた」

「っていうか、最近《さいきん》のまいまい、ずっと元気《げんき》ないもんね」

なるたんも一口《ひとくち》紅茶《こうちゃ》を飲《の》んでから、カップを置《お》いた。

「もしかして、まだ小坂《こさか》のことで悩《なや》んでんの？」

なるたんの言葉《ことば》に、莉緒《りお》がわたしの顔《かお》を心配《しんぱい》そうに見《み》る。

「まいまい、そうなの？」

三人《にん》に見《み》つめられ、わたしは両手《りょうて》でつつんだ紅茶《こうちゃ》のカップをそっとお皿《さら》の上《うえ》にもどした。

「そんなことないよって言《い》いたいけど、……実《じつ》は、そうなんだよね」

わたしは、紅茶《こうちゃ》が残《のこ》り少《すく》なくなったカップを両手《りょうて》でつつんだまま続《つづ》けた。

「この間《あいだ》、小坂《こさか》にミニバスの練習《れんしゅう》、もう行《い》かないって言《い》われちゃって……」

わたしは、まだみんなに言《い》っていなかったことをゆっくりと話《はな》しはじめた。

五十嵐《いがらし》の話《はなし》はしようかどうしようか迷《まよ》ったけど、結局《けっきょく》やめておいた。変《へん》な誤解《ごかい》をされたら困《こま》るし。

みんなは、最後《さいご》までだまってわたしの話《はなし》を聞《き》いてくれた。

「わたしさ、小学校《しょうがっこう》のときから小坂《こさか》に片思《かたおも》いしてて、やっと両想《りょうおも》いになれたと思《おも》ったのに、両想《りょうおも》いになってからのほうが、さみしいんだ。小坂《こさか》はなんにも言《い》ってくれないから、本当《ほんとう》にわたしのこと好《す》きなのかどうか、自信《じしん》が持《も》てないの」

「そんなあ……。気《き》にしすぎだよ。ねえ、莉緒《りお》」

夏月《なつき》の言葉《ことば》に、莉緒《りお》がとなりでうなずく。

「そうだよ。小坂《こさか》くんがもしもまいまいの言《い》うように心変《こころが》わりしちゃったとしたら、親友《しんゆう》の智哉《ともや》くんにも話《はな》しているはずだよ。だけどそんなこと、一言《ひとこと》も言《い》ってなかったし」

わたしは、だまって首《くび》を横《よこ》にふった。

「女子《じょし》と男子《だんし》じゃちがうよ。男子《だんし》はいちいち心変《こころが》わりしたことを、友《とも》だちになんて言《い》わないと思《おも》う」

「でも、小坂《こさか》くんの口《くち》から直接《ちょくせつ》聞《き》いたわけじゃないでしょ？」

めずらしく莉緒《りお》が言《い》いかえしてきた。

「……そうだけど」

「まいまい、前《まえ》もかんちがいしちゃったことあるじゃない。だから、ちゃんと小坂《こさか》くんに確認《かくにん》したほうが……」

そこまで言《い》われて、わたしはついカッとなって言《い》いかえしてしまった。

「そりゃあ、莉緒《りお》たちはいいよ」

（やばい、わたし、なに言《い》おうとしてんの？）

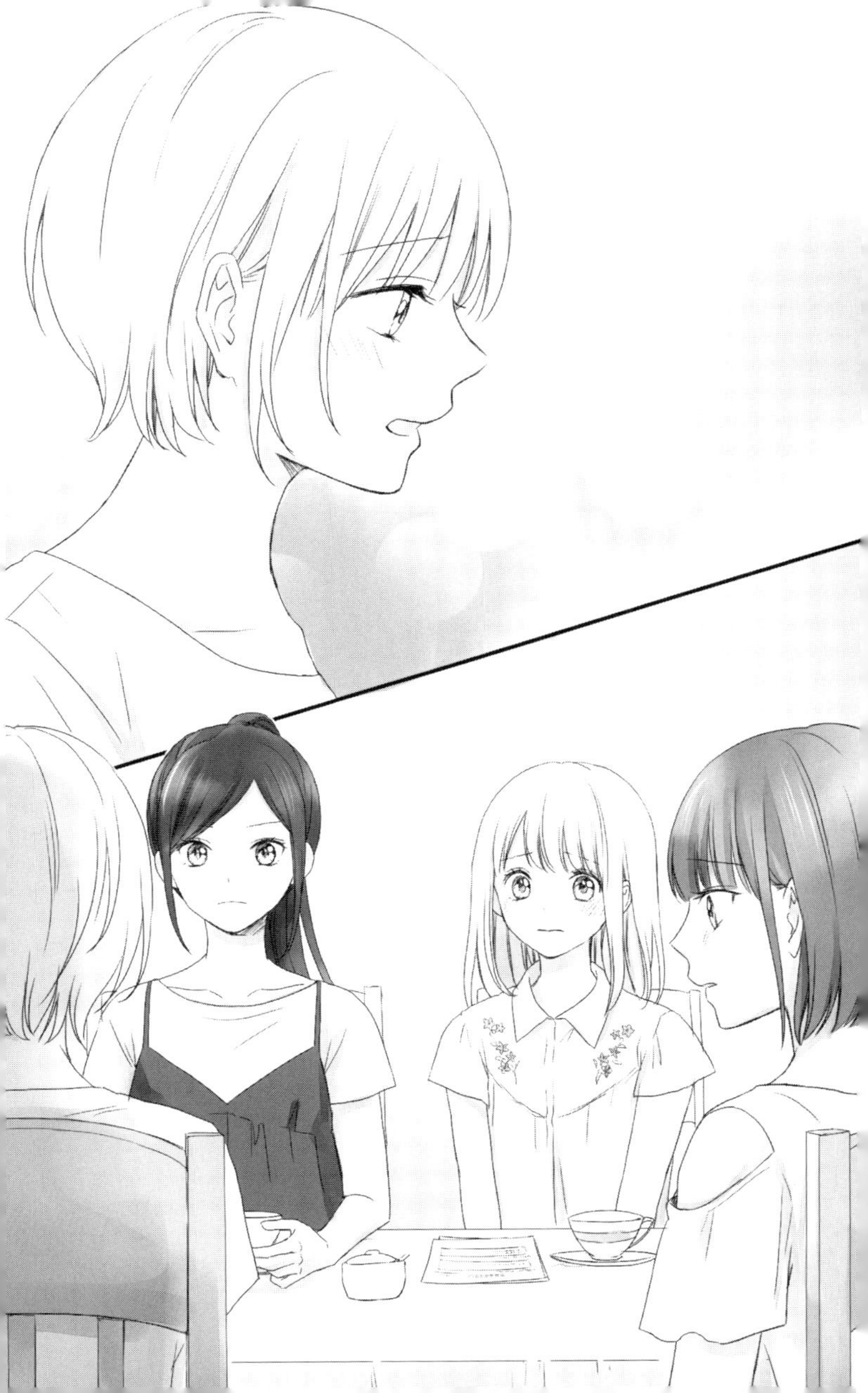

そう思《おも》うのに、勝手《かって》に口《くち》が動《うご》いてしまう。

「石崎《いしざき》くんも、中嶋《なかじま》もやさしいもん。こんな苦労《くろう》しないよね？　小坂《こさか》に確認《かくにん》したらなんてかんたんに言《い》うけど、話《はな》しかけようとしても避《さ》けられちゃうんだよ？」

「……ま、まあまあ、そんなエキサイトしないでよ。ねっ？」

気《き》まずい空気《くうき》を吹《ふ》き飛《と》ばそうとしたのか、夏月《なつき》がわたしと莉緒《りお》の間《あいだ》に入《はい》って、とりなそうとした。

そのへらっとした笑顔《えがお》を見《み》て、余計《よけい》に腹《はら》が立《た》つ。

「夏月《なつき》だって、彼氏《かれし》じゃないって言《い》いながらも、吉村《よしむら》くんと仲《なか》いいじゃん。わたしだけだよ、うまくいってないの」

言《い》いながら、自分《じぶん》で自分《じぶん》が情《なさ》けなくなる。

みんなにあたり散《ち》らしたってしょうがないってわかってるのに、口《くち》から勝手《かって》にいやな言《こと》葉《ば》がでてしまう。

こんなわたし、大嫌《だいきら》い。

静《しず》まりかえった部屋《へや》のなか、エアコンの室外機《しつがいき》の音《おと》だけがやけに大《おお》きく聞《き》こえる。

「じゃあさ」

それまでずっとだまっていたなるたんが、ふいに顔《かお》をあげた。

「もう、小坂《こさか》と別《わか》れちゃえば？」

「……えっ」

思《おも》わず言葉《ことば》につまる。

「だって、話《はな》しかけようとしても避《さ》けられちゃうんでしょ？　そんなの、つきあってるっていえないじゃん」

「え、ちょっと、なるたん……！　それ言《い》いすぎだって」

夏月《なつき》が、ぎょっとして止《と》めようとしたけど、なるたんは無視《むし》して続《つづ》ける。

「まいまいなら、いくらでもほかに好《す》きになってくれる男子《だんし》、いるよ。彼女《かのじょ》がしゃべりかけようとしてるのに、無視《むし》するなんてサイテー。そんなにつめたい彼氏《かれし》、やめちゃえば？」

わたしは、ぎゅっとくちびるをかみしめた。

「きっとなにか理由《りゆう》があるはずなんだよ。小坂《こさか》、そんなやつじゃないし」

静《しず》かに言《い》いかえすと、なるたんは肩《かた》をすくめた。

「まいまい、だまされてるんじゃない？」

その言葉《ことば》に、カッと頭《あたま》に血《ち》が上《のぼ》った。

「だまされてなんかない！　小坂《こさか》はウソなんかぜったいつかないし、裏表《うらおもて》がなくて、まっすぐなやつだもん！　きっとなにか理由《りゆう》があるに決《き》まってるんだから、小坂《こさか》のこと、悪《わる》く言《い》わないで！」

イスから立《た》ちあがってそう言《い》うと、それまでまゆひとつ動《うご》かさなかったなるたんが、ひとつ息《いき》をはいてからほほえんだ。

「そう思《おも》うなら、がんばらなきゃだめじゃん」

「……え？」

ぽかんと口《くち》をあける。

「まいまいは、そんな小坂《こさか》が好《す》きなんでしょ。じゃあ、ひいてちゃだめだよ。ガンガン行《い》かなきゃ」

（なるたん……）

力《ちから》がぬけて、すとんとイスに腰《こし》を下《お》ろす。

もしかして、わたしにそれを気《き》づかせるために、さっきはあんな風《ふう》にいじわるな言《い》い方《かた》をしたんだろうか。

「わ、わたしもそう思《おも》う。そんなの、まいまいらしくないよ！」

莉緒《りお》も、ほおを赤《あか》くしてうなずいた。

「まいまいは、いつだって明《あか》るくて、がんばりやで、わたしのあこがれの女《おんな》の子《こ》だもん。こわがらずに小坂《こさか》くんに自分《じぶん》の思《おも》いを、ぶつけてみて。まいまいはそれができる女《おんな》の子《こ》だって、わたし、知《し》ってるよ」

「莉緒《りお》……」

思《おも》えば、片思《かたおも》いしていたころ、莉緒《りお》はいつもわたしのことを勇気《ゆうき》づけてくれていた。

だから、小坂《こさか》にまっすぐな気持《きも》ちをぶつけることができたのだ。

それなのに、最近《さいきん》のわたしは……。

「あのさ」

夏月《なつき》が、そばにあったメモ用紙《ようし》になにか書《か》きこんだ。

「これっ！」

そのメモをわたしの目《め》の前《まえ》に突《つ》きつける。

そこには右《みぎ》あがりの力強《ちからづよ》い字《じ》でそう書《か》いてあった。

『直球勝負《ちょっきゅうしょうぶ》』

「これさ、わたしの一番《いちばん》お気《き》に入《い》りの言葉《ことば》なんだけど、勝手《かって》にあれこれ思《おも》い悩《なや》むより、ズバッと直球《ちょっきゅう》で聞《き》いたほうがいいと思《おも》うんだ。それなら結果《けっか》がどうあれ、悔《く》いは残《のこ》らないよ、きっと」

わたしは夏月《なつき》が書《か》いてくれた文字《もじ》を、そっと指《ゆび》でなぞった。

そうだよね。

うじうじしているのは、わたしらしくない。

今《いま》まで小坂《こさか》を追《お》いかけてでも、理由《りゆう》を聞《き》こうとしなかったのは、もしも嫌《きら》われたらと思《おも》うとこわかったから。

よけいなことを聞《き》いてふられるくらいなら、このままなんにも聞《き》かないで『つきあっている』ことにしておきたいって思《おも》ったからだ。

でも、そんなの本当《ほんとう》につきあってるって言《い》えるんだろうか。

直球勝負

わたしは、小坂《こさか》が好《す》き。

バスケに一生懸命《いっしょうけんめい》なところ。

どんなときも、手《て》をぬかないところ。

まゆ毛《げ》がキリッとしているところ。

なのに、笑《わら》ったらくしゃっと目《め》がなくなるところ……。

ちょっぴり照《て》れ屋《や》なところもぜんぶ。

その気持《きも》ちは、変《か》わらない。

だったら、小坂《こさか》になにを言《い》われたって、それを受《う》けいれればいいんだ。

逃《に》げてちゃ、なんにも始《はじ》まらない。

夏月《なつき》にもらったメモをぎゅっとにぎりしめ、顔《かお》をあげた。

「ありがと、みんな。わたし、がんばる！」

そう言《い》うと、みんながわっと拍手《はくしゅ》をしてくれた。

「そうだよ、まいまい」

「がんばれ～！」

なるたんと莉緒《りお》とそれから夏月《なつき》。
みんながいてくれてよかった。
わたしはカップの底《そこ》に残《のこ》っていた紅茶《こうちゃ》を、ぐいっと一息《ひといき》で飲《の》みほした。

11 迷《まよ》っちゃ、だめ！

翌週《よくしゅう》の月曜日《げつようび》。

わたしは委員会《いいんかい》の後《あと》、五十嵐《いがらし》を呼《よ》びとめた。

「大事《だいじ》な話《はなし》があるの」

人気《ひとけ》のない第《だい》二理科室前《りかしつまえ》の廊下《ろうか》。

どこからか、応援《おうえん》リーダーたちがコールの練習《れんしゅう》をする声《こえ》が聞《き》こえてくる。

「なに？　話《はなし》って」

五十嵐《いがらし》が、いつもの笑顔《えがお》でわたしを見《み》つめる。

そのやさしいまなざしにひるみそうになるけど、きゅっと手《て》をにぎりしめた。

(しっかりしろ、麻衣《まい》。小坂《こさか》に気持《きも》ちを確《たし》かめる前《まえ》に、五十嵐《いがらし》にもきちんと自分《じぶん》の気持《きも》ち、伝《つた》えておかなきゃ……！)

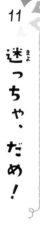

「あのね」

わたしは、一度《ど》くちびるをなめてから続《つづ》けた。

「この間《あいだ》言ってくれたこと、すごくうれしかった。ありがとう」

「えっ、それじゃあ」

ぱっと五十嵐《いがらし》の表情《ひょうじょう》が明《あか》るくなる。

「……けどね、わたしやっぱり小坂《こさか》が好《す》きなの。たとえ小坂《こさか》がわたしのこと好《す》きじゃなくても」

一息《ひといき》に言《い》うと、五十嵐《いがらし》は目《め》をぱちぱちさせてから、ぷっとふきだした。

「なんだよ、『大事《だいじ》な話《はなし》』って言《い》うから、一瞬《いっしゅん》期待《きたい》したのに」

「ご、ごめんなさい」

あわてて謝《あやま》ると、五十嵐《いがらし》は笑《わら》って首《くび》をふった。

「いやいや、おまえが謝《あやま》ることじゃないだろ。俺《おれ》が勝手《かって》に彼氏《かれし》いる林《はやし》に告白《こくはく》したんだから。謝《あやま》るのはこっちだって」

告白《こくはく》を断《ことわ》ったというのに、五十嵐《いがらし》はさわやかに笑《わら》っている。

（いい子《こ》だなあ……）

わたし、どうして五十嵐《いがらし》みたいな男子《だんし》を好《す》きになれなかったんだろう？

そう思《おも》うけど、やっぱり小坂《こさか》を好《す》きな気持《きも》ちは変《か》えられない。

「ホントに、ごめんね」

しょんぼりしてそう言《い》ったら、五十嵐《いがらし》は首《くび》をすくめた。

「林《はやし》が小坂《こさか》のことホントに好《す》きなのはよくわかったよ。でも」

そこで言葉《ことば》をきると、五十嵐《いがらし》は姿勢《しせい》を整《ととの》えて、わたしの目《め》をまっすぐに見《み》た。

「俺《おれ》だって、だれにも負《ま》けないくらい、林《はやし》のこと好《す》きだ。そのこと、忘《わす》れないで」

（え〜〜〜っ！）

顔《かお》が、ぼっと赤《あか》くなる。

そんな少女《しょうじょ》まんがにでてくるようなセリフ、リアルで言《い》う男子《だんし》、いるんだ……！

好《す》きだなんて面《めん》とむかって男子《だんし》に言《い》われたの、生《う》まれて初《はじ》めてだよ〜っ！

「あ、あの、えっと……」

どう答《こた》えていいかわからず、意味不明《いみふめい》な言葉《ことば》をくりかえしていたら、五十嵐《いがらし》がふっと笑《わら》った。

「じゃあな、あいつとうまく話《はなし》ができたらいいな」

五十嵐《いがらし》はさわやかにそう言《い》うと、手《て》をふって行《い》ってしまった。

わたしはなにも言《い》えないまま、五十嵐《いがらし》に手《て》をふりかえす。

五十嵐《いがらし》の姿《すがた》がすっかり見《み》えなくなってから、大《おお》きく息《いき》をはいて脱力《だつりょく》した。

（はーっ、心臓《しんぞう》が止《と》まるかと思《おも》った）

『だれにも負《ま》けないくらい、林《はやし》のこと好《す》きだ』

告白《こくはく》を断《ことわ》ったのに、あんなこと、言《い》われると思《おも》わなかった。

小坂《こさか》に、五十嵐《いがらし》の爪《つめ》の垢《あか》を煎《せん》じて飲《の》ませてやりたいよ……！

……でもまあ、あんなこと言《い》う小坂《こさか》も気持《きも》ち悪《わる》いけど。

ちょっと想像《そうぞう》してみて、あまりの違和感《いわかん》にひとりでくすくす笑《わら》う。

だけど、五十嵐《いがらし》ってすごいな。

自分《じぶん》の気持《きも》ちをあんなにも素直《すなお》に相手《あいて》へ伝《つた》えられるってうらやましい。

（よ〜し、わたしも、しっかり小坂《こさか》に自分《じぶん》の思《おも》いを伝《つた》えなきゃ！）

五十嵐《いがらし》と別《わか》れたあと、わたしは早速《さっそく》帰《かえ》りに小坂《こさか》の家《いえ》へとむかうことにした。

(小坂《こさか》、今日《きょう》は塾《じゅく》がない日《ひ》だったよね。家《いえ》にいるかな)

約束《やくそく》もせず、いきなり家《いえ》に押《お》しかけるなんて迷惑《めいわく》かなって思《おも》ったけど、そんなこと言《い》ってたらなんにも始《はじ》まらない。

ポケットに手《て》を突《つ》っこむ。

『直球勝負《ちょっきゅうしょうぶ》』

この間《あいだ》の土曜日《どようび》、夏月《なつき》が書《か》いてくれたメモの言葉《ことば》を、頭《あたま》のなかでくりかえす。

迷《まよ》っちゃだめだ。

多少強引《たしょうごういん》なくらいじゃないと、小坂《こさか》の本当《ほんとう》の気持《きも》ちなんて聞《き》けないもんねっ!

12 小坂《こさか》の家《いえ》へ

自分《じぶん》の家《いえ》を通《とお》りすぎ、つつじ台小学校《だいしょうがっこう》のそばにある四《よ》つ角《かど》を曲《ま》がると、とたんに景色《けしき》が一変《いっぺん》する。このあたりは古《ふる》い住宅地《じゅうたくち》で、狭《せま》い道路《どうろ》の両脇《りょうわき》にびっしりと似《に》たような家《いえ》がならんでいる。

(たしか、小坂《こさか》んちってこのならびでよかったんだよね)

つきあってはいるけれど、実《じつ》は小坂《こさか》の家《いえ》に遊《あそ》びに行《い》ったことは一度《いちど》もない。だっていつも部活帰《ぶかつがえ》りとかミニバスの練習帰《れんしゅうがえ》りに会《あ》うことが多《おお》かったから、公園《こうえん》か、夕カさんのコンビニでおしゃべりするのがデートみたいなものだったし。

小学生《しょうがくせい》のとき一度《ど》だけ、小坂《こさか》の家《いえ》がどこにあるのか知《し》りたくて、友《とも》だちにつきあってもらってさがしに行《い》ったことがあるくらいだ。

(そういえば、小坂《こさか》んちって何人家族《なんにんかぞく》なんだっけ? たしか、兄弟《きょうだい》とかいなかったよね)

おかあさんの印象《いんしょう》はないから、多分《たぶん》授業参観《じゅぎょうさんかん》とか、ミニバスケットボール部《ぶ》の試合《しあい》にも、来《き》ていなかったと思《おも》う。

だけど小学校《しょうがっこう》の卒業式《そつぎょうしき》の日《ひ》、『めちゃめちゃ若《わか》いおかあさんがいた』ってみんながさわいでいたんだけど、それがどうも小坂《こさか》のおかあさんらしいってだれかが教《おし》えてくれたことがあったっけ。

どんな人《ひと》なんだろうってみんなとこっそり見《み》に行《い》ったけど、実際《じっさい》には、うしろすがたしか見《み》られなかった。

それもずいぶん遠《とお》かったから、みんなが言《い》うように若《わか》いのかどうかもわからなかったし、そもそも女《おんな》の人《ひと》なのかすらわからなかった。

(小坂《こさか》って自分《じぶん》の話《はなし》、ほとんどしないもんなあ)

ふたりでいても、いつもしゃべっていたのはわたしだけ。

小坂《こさか》はわたしの話《はなし》に時々《ときどき》ツッコミをいれながら聞《き》いていた。

(もしかしたら、そういうところがウザいって思《おも》われたのかもしれないな)

また暗《くら》い気持《きも》ちになりかけて、ぶるぶると首《くび》をふる。

いやいや、勝手《かって》に決《き》めつけちゃだめだよ。

ちゃんと小坂《こさか》の口《くち》から聞《き》かないと！

わたしは自分《じぶん》を奮《ふる》いたたせた。

（おかしいな。こっちだったかな……）

何度《なんど》か往復《おうふく》してみたけど、小坂《こさか》の家《いえ》は見《み》つからない。

しばらく同《おな》じところをぐるぐるまわったあと、やっとのことで小坂《こさか》の家《いえ》を発見《はっけん》した。

「ここだ……！」

門《もん》のところにある銀色《ぎんいろ》のポストに、消《き》えそうな字《じ》で『小坂《こさか》』って書《か》いてある。

似《に》たような家《いえ》がたくさんならんでいるし、この表札《ひょうさつ》がでていなかったら多分《たぶん》見《み》つけられなかっただろう。

わたしは首《くび》を伸《の》ばして、生《い》け垣越《がきご》しになかの様子《ようす》をうかがった。

広《ひろ》さは、うちの家《いえ》と同《おな》じくらい。だけど、建物《たてもの》は古《ふる》そうだ。

玄関《げんかん》の引《ひ》き戸《ど》の横《よこ》に、バスケットボールが転《ころ》がっている。

洗濯物干《せんたくものほ》し場《ば》の横《よこ》には、手作《てづく》りのようなペンキのはげかけたバスケットゴールが置《お》いてあった。

(へ〜、小坂《こさか》、家《いえ》でも練習《れんしゅう》してるんだ。さっすがあ)

古《ふる》い家《いえ》だけど、玄関《げんかん》まわりにはお花《はな》が寄《よ》せ植《う》えしてあったり、門《もん》にモザイク模様《もよう》にタイルがうめこんであったりして、かわいらしい雰囲気《ふんいき》の家《いえ》だ。

(あ、小坂《こさか》の自転車《じてんしゃ》だ。……ん？　あれって小学《しょうがく》一年生《ねんせい》のときのアサガオ栽培《さいばい》の植木鉢《うえきばち》じゃない？　小坂《こさか》の字《じ》、今《いま》とぜんぜん変《か》わってないじゃん)

しばらくじろじろ見《み》ていたけど、よく考《かんが》えたら、こんなことをしている場合《ばあい》じゃない。

わたしは思《おも》いきって、インターホンのボタンを押《お》してみた。

(最初《さいしょ》におかあさんがでてきたらどうしよう。えっとまずは名前《なまえ》を言《い》って、挨拶《あいさつ》をして、『小坂《こさか》くんいますか？』って言《い》えばいいかな)

どきどきしながらしばらく待《ま》ったけど、なんの反応《はんのう》もない。

(……あれっ、なってなかったのかな)

もう一度息《いちどいき》をすいこんで、指《ゆび》に力《ちから》をこめてボタンを押《お》してみる。

だけど、やっぱりだれもでてこない。

(おかしいなあ)

何度《なんど》もボタンを押《お》しつづけていたら、うしろから、「おい」と声《こえ》をかけられた。

「ひっ!」

その場《ば》で飛《と》びあがり、おそるおそるふりかえる。

するとそこには私服姿《しふくすがた》の小坂《こさか》が立《た》っていた。

手《て》に、レジ袋《ぶくろ》を持《も》っている。どこかに買《か》い物《もの》にでも行《い》っていたみたいだ。

「あ、あの! ごめん、いたずらじゃなくて、ええっと」

しどろもどろで言《い》い訳《わけ》しようとしたら、小坂《こさか》はきょとんとしてから、ぷっと笑《わら》った。

「そりゃあそうだろ。おまえが俺《おれ》んちでピンポンダッシュとか、ありえねえし」

(あ、小坂《こさか》、笑《わら》った……!)

ひさしぶりに見《み》る笑顔《えがお》。

日《ひ》に焼《や》けた肌《はだ》に、真《ま》っ白《しろ》な歯《は》。

ぴょこんと飛《と》びでた大《おお》きな耳《みみ》。

こんな風《ふう》にしゃべったのっていつ以来《いらい》だろう？

普通《ふつう》に話《はな》しただけなのに、つい涙《なみだ》ぐみそうになる。

「……ところで、なんか用《よう》？　俺《おれ》、今《いま》から飯食《めしく》うんだけど」

小坂《こさか》はすぐに笑顔《えがお》をひっこめて、わたしを見《み》た。その強《つよ》い視線《しせん》に、たじろぐ。

（ど、どう切《き》りだそう）

ここに来《く》る前《まえ》に、頭《あたま》のなかで整理《せいり》した言葉《ことば》が、一瞬《いっしゅん》で消《け》しとぶ。

小坂《こさか》はだまりこむわたしの脇《わき》をすりぬけ、ポケットからカギを取《と》りだして、玄関《げんかん》の鍵穴《かぎあな》に差《さ》しこんだ。

（あ、やばい。家《いえ》のなかに入《はい》っちゃう）

心《こころ》のなかであせっていたら、小坂《こさか》がふいにふりかえった。

「そんなとこ突《つ》ったってねえで、門《もん》のなか、入《はい》れば？　近所《きんじょ》の人《ひと》に見《み》られるし」

「……あ、ごめん」

かばんをかつぎなおして、あとに続《つづ》いて門《もん》をくぐる。

（小坂《こさか》、やっぱり機嫌悪《きげんわる》いかも……）

つい、弱気《よわき》になりそうになったけど、スカートの上《うえ》からポケットのなかのメモにさわる。

『直球勝負《ちょっきゅうしょうぶ》』

逃《に》げてちゃだめだ。

がんばれ、麻衣《まい》！

わたしは自分《じぶん》を奮《ふる》いたたせて、強《つよ》い気持《きも》ちで小坂《こさか》の目《め》を見《み》つめた。

13 聞《き》かせてほしい

「単刀直入《たんとうちょくにゅう》に聞《き》くね。小坂《こさか》、夏休《なつやす》み過《す》ぎてから、なんかおかしいよね？」

わたしの質問《しつもん》に、小坂《こさか》はふいっと視線《しせん》をそらした。

「……おかしいって？」

小坂《こさか》の手《て》にあるレジ袋《ぶくろ》が、かさりと音《おと》を立《た》てる。

「わたしと目《め》を合《あ》わそうとしてくれないし、ミニバスの練習《れんしゅう》にも行《い》かないって言《い》いだすし。それにこの間《あいだ》は、呼《よ》びとめたのに、ふりきって逃《に》げちゃったじゃん。もしも理由《りゆう》があるなら、ちゃんと教《おし》えてほしい。じゃないと、わたし、ひとりで勝手《かって》に悪《わる》い想像《そうぞう》ばっかりしちゃうから」

わたしの言葉《ことば》に、小坂《こさか》は一度《いちど》口《くち》をひらきかけたけど、すぐにきゅっとくちびるを引《ひ》きむすんだ。

「べつに、理由《りゆう》なんてない」

(……ウソだ)

それなら、どうしてそんな表情《ひょうじょう》でわたしを見《み》るの?

わたしはなおも話《はな》しつづけた。

「前《まえ》に、聞《き》いたよね? 『わたしのこと、好《す》きじゃなくなったの?』って。もしも本当《ほんとう》にそうなら、それでもいい。小坂《こさか》の本当《ほんとう》の気《き》持《も》ち、教《おし》えてほしい。今《いま》のままちゅうぶらりんでいるの、わたしいやなんだ」

ふいに、うしろからだれかのしゃべり声《ごえ》が聞《き》こえた。

ふりかえると、自転車《じてんしゃ》に乗《の》った高校生《こうこうせい》の集団《しゅうだん》が、騒々《そうぞう》しく笑《わら》いながら通《とお》りすぎていくのが見《み》えた。

その声《こえ》が、徐々《じょじょ》に遠《とお》ざかっていく。

すると、小坂《こさか》がしぼりだすような声《こえ》で言《い》った。

「……言《い》ってどうなる? おまえに話《はな》せば、なんか変《か》わんのかよ」

ふりかえって小坂《こさか》の表情《ひょうじょう》を見《み》る。

眉間《みけん》にしわを寄《よ》せ、地面《じめん》をにらみつけている。

「……小坂《こさか》？」

今《いま》までに聞《き》いたことのないような強《つよ》い口調《くちょう》に、まゆをひそめる。

「おまえには、関係《かんけい》ない。俺《おれ》だけの問題《もんだい》だ。もしもおまえが、俺《おれ》といてつまんねえって思《おも》うなら、べつに無理《むり》していっしょにいなくてもいい。だから……！」

小坂《こさか》がそこまで言《い》いかけたところで、

「ちょっと待《ま》って！」

小坂《こさか》の腕《うで》を強《つよ》くひっぱった。

レジ袋《ぶくろ》が、ぱさりと音《おと》を立《た》てて地面《じめん》に落《お》ちた。

「わたし、つまらないなんて、一言《ひとこと》も言《い》ってない。勝手《かって》にわたしの気持《きも》ち、決《き》めつけないで！」

すると小坂《こさか》が負《ま》けじと声《こえ》をはりあげた。

「じゃあ、おまえも決《き》めつけんなよ！　俺《おれ》がなにを思《おも》っているかなんて、おまえにわかるわけねえだろ！」

突《つ》きはなすようなその言葉《ことば》に、足《あし》がふるえそうになる。

(小坂《こさか》、やっぱりわたしのこと……)

一瞬《いっしゅん》、ひるんだけど、わたしはぐっと指先《ゆびさき》に力《ちから》をこめて小坂《こさか》の腕《うで》をつかんだ。

ううん、そうじゃない。

さっきの口《くち》ぶり。

小坂《こさか》は心変《こころが》わりなんてしたわけじゃないんだ。

きっとなにか悩《なや》んでることがあって、そのせいでうまく自分《じぶん》の気持《きも》ちを伝《つた》えられずにいるんだ。

「わかんないよ！　だから聞《き》いてるんじゃない。小坂《こさか》のこと、決《き》めつけたくないから、教《おし》えてほしいんだよ」

その声《こえ》に、小坂《こさか》がはっとした顔《かお》になる。

「わたしが聞《き》きたいのは、小坂《こさか》の気持《きも》ちだよ。なにを思《おも》ってるか、知《し》りたいの。もしもわたしが小坂《こさか》をおこらせることをしたのなら、教《おし》えてほしい。ちゃんと謝《あやま》りたいから」

小坂《こさか》は目《め》を見開《みひら》いたまま、わたしの顔《かお》を見《み》つめている。

「でも、そうじゃなくて、小坂《こさか》がなにか別《べつ》のことで悩《なや》んでいるなら、わたしにも聞《き》かせてほしい。小坂《こさか》が言《い》うように、わたしじゃ力《ちから》になれないかもしれない。だけど、話《はな》すことで、ほんの少《すこ》しでも小坂《こさか》の気持《きも》ちが楽《らく》になるかもしれないでしょ。わたし、小坂《こさか》にはいつだって笑《わら》っていてほしいの。そう思《おも》っちゃ、いけない？」

そこで言葉《ことば》をきって、手《て》にこめていた力《ちから》を徐々《じょじょ》にぬいていく。

遠《とお》くから、救急車《きゅうきゅうしゃ》のサイレンの音《おと》が聞《き》こえる。

徐々《じょじょ》に小《ちい》さくなっていき、また静寂《せいじゃく》が訪《おとず》れる。

その間《あいだ》、小坂《こさか》はおこっているような、それでいて今《いま》にも泣《な》きだしそうな顔《かお》で、地面《じめん》をにらみつけていた。

「……べつに、おまえのこと、避《さ》けてたわけじゃねえよ。ただ、どっから話《はな》していいかわかんなくて」

かすれた声《こえ》でそう言《い》うと、小坂《こさか》は地面《じめん》に落《お》ちたレジ袋《ぶくろ》を拾《ひろ》いあげ、またまりこんでしまった。

（『どっから話《はな》して』って、なにを？）

焦《あせ》る気持《きも》ちをおさえて、わたしは辛抱強《しんぼうづよ》く小坂《こさか》の次《つぎ》の言葉《ことば》を待《ま》った。

さっきまで明《あか》るかった空《そら》が、次第《しだい》に色《いろ》を失《うしな》っていく。

小坂《こさか》の着《き》ているグレーのT《ティー》シャツも、わたしの制服《せいふく》のスカートも、薄《うす》い闇《やみ》に徐々《じょじょ》に溶《と》けていく。

近《ちか》くの家《いえ》から、甘辛《あまから》い煮物《にもの》のにおいが漂《ただよ》ってきた。

そのとき、とつぜん小坂《こさか》がぽつんと言《い》った。

「……俺《おれ》のねえちゃん、結婚《けっこん》するんだ」

「えっ？　おねえさん？」

意味《いみ》がわからず、聞《き》きかえす。

どうしてここで、小坂《こさか》のおねえさんの話《はなし》がでてくるんだろう？

っていうか、小坂《こさか》にもう結婚《けっこん》するくらい年《とし》のはなれたおねえさんがいることも、ぜんぜん知《し》らなかったんだけど。

頭《あたま》のなかがはてなでいっぱいで、どう答《こた》えていいかわからない。

しかたなく、次《つぎ》の小坂《こさか》の言葉《ことば》を待《ま》った。

すると、小坂《こさか》はしばらくしてまたぼそりとつけ足《た》した。

「相手《あいて》、タカさん」

「……へっ？」

(ああ、そうか)

そこでやっと話《はなし》がつながった。

小坂《こさか》のおねえさんとタカさんが今度結婚《こんどけっこん》する。

それが、ここ最近《さいきん》、小坂《こさか》の様子《ようす》がおかしかった原因《げんいん》らしい。

(ん、待《ま》てよ？)

前《まえ》にタカさんに小坂《こさか》の様子《ようす》がおかしいことを相談《そうだん》してみたときは、そんな話《はなし》、一言《ひとこと》もしてなかった。

それに、どうしてそのことで、小坂《こさか》が落《お》ちこまなきゃいけないの？

年《とし》がはなれたおねえさんが、自分《じぶん》と仲《なか》よくしていたコーチと結婚《けっこん》する。

それって、そんなにいやなことなんだろうか？

わたしにもお姉《ねえ》ちゃんがいるけれど、だれかと結婚《けっこん》するって言《い》われても、べつになんとも思《おも》わないけど（っていうか、あの調子《ちょうし》だと結婚《けっこん》どころか彼氏《かれし》もできるかなぞだけど）。

やっぱり、わかるようでよくわからない。

「それとミニバスの練習《れんしゅう》に来《こ》ないこと、あ、それから部活《ぶかつ》の新人戦《しんじんせん》にでないこととはどうつながってるのかな？」

おずおずと聞《き》いてみる。

すると小坂《こさか》は手《て》に持《も》ったレジ袋《ぶくろ》を持《も》ちなおしてから、ぼそぼそと答《こた》えた。

「新人戦《しんじんせん》の日《ひ》は、両家《りょうけ》の顔合《かおあ》わせの日《ひ》、だから。その日《ひ》しか、タカさんが店空《みせあ》けられないって言《い》うから。ミニバスの練習《れんしゅう》に行《い》かないって言《い》ったのは……」

そこまで言《い》ったところで、小坂《こさか》が言葉《ことば》をつまらせた。

「……俺《おれ》んち、かあちゃんいないんだ」

「えっ」

聞《き》きまちがえたのかと思《おも》って、もう一度《いちど》聞《き》きなおした。

おかあさんがいない？

それがミニバスのこととどうつながるんだろう？

それにそんな話《はなし》、今《いま》まで一度《いちど》も聞《き》いたことがない。

「でも、小学校《しょうがっこう》の卒業式《そつぎょうしき》のとき、来《き》てなかった？　小坂《こさか》のおかあさん。わたし、うしろすがただけ、ちらっと見《み》たことがあるんだけど」

わたしの質問《しつもん》に、小坂《こさか》がすぐに答《こた》えた。

「あれが、ねえちゃん。仕事休《しごとやす》んで来《き》てくれた」

「ウソ、そうだったの？　……でも」

たしかそのあと、わたしは小坂《こさか》に言《い》ったはず。

「今日《きょう》、小坂《こさか》んちのおかあさん来《き》てたんでしょ。みんながめっちゃ若《わか》いって言《い》ってたよ。いいなあ」って。

小坂《こさか》は「べつに、そんなことない」ってそっぽをむいていた。

あのときは、照《て》れてるんだと思《おも》っていたけど、そういえば、あのとき、小坂《こさか》は一言《ひとこと》もおかあさんだとは言《い》っていなかったっけ……。

14 キミの心《こころ》

「俺《おれ》のかあちゃん、俺《おれ》を産《う》んですぐ、病気《びょうき》で死《し》んだんだ。だからねえちゃんが、ずっと俺《おれ》のかあちゃんのかわりだった。保育園《ほいくえん》のおむかえも、小学校《しょうがっこう》の入学式《にゅうがくしき》も卒業式《そつぎょうしき》も来《き》てくれてたし、普段《ふだん》の飯《めし》の用意《ようい》も洗濯《せんたく》も、仕事《しごと》しながら、よそんちのかあちゃんと同《おな》じようにしてくれてた」

(そうだったんだ……)

小坂《こさか》の話《はなし》によると、おねえさんと小坂《こさか》は、おとうさんはいっしょだけど、おかあさんはちがうらしい。それで、十七歳《じゅうななさい》も年《とし》がはなれているんだそうだ。

(ってことは……)

わたしは頭《あたま》のなかで計算《けいさん》をする。

小坂《こさか》は早生《はやう》まれの十二歳《じゅうにさい》だから、おねえさんは二十九歳《にじゅうきゅうさい》ってことか。

（そりゃあ、おかあさんたちのなかで一番若《いちばんわか》く見《み》えるはずだよ）

うんうんとひとりでうなずく。

でも、小坂《こさか》が生《う》まれてすぐおかあさんが亡《な》くなったってことは、おねえさんは十七歳《じゅうななさい》からおかあさんのかわりに小坂《こさか》の面倒《めんどう》を見《み》てきたってことだろうか。

うちの亜衣姉《あいねえ》も、今《いま》、十七歳《じゅうななさい》だ。

家《いえ》にいるときはソファに転《ころ》がって、テレビを観《み》てるかスマホをいじっているだけ。

おかあさんがわりどころか、かんたんなお手伝《てつだ》いすらしていない。

（それなのに、小坂《こさか》のおねえさん、すごいなあ……）

「俺《おれ》がバスケしはじめたのも、ねえちゃんが昔《むかし》やってたから。ねえちゃん、高校時代《こうこうじだい》、タカさんと同《おな》じバスケ部《ぶ》だったんだ。学年《がくねん》はちがうけど」

「えっ、そのときからつきあってたの？」

びっくりして聞《き》きかえすと、小坂《こさか》はすぐに首《くび》を横《よこ》にふった。

「同《おな》じ時期《じき》に部活《ぶかつ》してたわけじゃないから、ＯＢ《オービー》戦《せん》とかで見《み》かけたことがある程度《ていど》の知《し》り合《あ》いだったらしい。かあちゃんが死《し》んだあと、ねえちゃんは部活《ぶかつ》、やめちゃったし。そんで、ミニバス始《はじ》めた俺《おれ》を通《つう》じて、ぐうぜん再会《さいかい》したってわけ」

（へえ〜、学校《がっこう》を卒業《そつぎょう》してから知《し》りあう、なんてことがあるんだ）

大人《おとな》の世界《せかい》には、いろんな出会《であ》いがあるようだ。

「半年《はんとし》くらい前《まえ》から、ねえちゃんに彼氏《かれし》ができたんだろうなってことは、うすうす感《かん》じてた。でも、まさかその相手《あいて》がタカさんだなんて、思《おも》いもしなかった。俺《おれ》もひと月《つき》くらい前《まえ》だもん、ふたりがつきあってるって聞《き》かされたの」

そう思《おも》っていたら、小坂《こさか》はレジ袋《ぶくろ》をそばにあった自転車《じてんしゃ》のカゴに入《い》れ、玄関《げんかん》のはしに転《ころ》がっていたボールを拾《ひろ》いあげた。

「ねえちゃんが結婚《けっこん》しようと思《おも》ってるって言《い》いだしたときは、まだ平気《へいき》でいられた。でも、相手《あいて》がタカさんだって聞《き》いたときは……」

そう言《い》うなり、その場《ば》でドリブルを始《はじ》める。

「なんで今《いま》までだまってたんだよって腹《はら》が立《た》った。いつも顔合《かおあ》わせてたのに。俺《おれ》が動揺《どうよう》すると思《おも》ったからとか、中学《ちゅうがく》に入《はい》ったばっかりだから様子《ようす》を見《み》ようと思《おも》ったとか言《い》われて、ばかにすんなって思《おも》った。ガキ扱《あつか》いすんなよって」

小坂《こさか》はそれまでリズミカルに地面《じめん》に打《う》ちつけていたボールを、魔法《まほう》みたいにすくいあげた。

「タカさんがいい人《ひと》だってことは、わかってる。ねえちゃんがいつかはこの家《いえ》からでていくことも。だから、べつにいいんだ。それで」

小坂《こさか》は、まるで自分《じぶん》に言《い》い聞《き》かせるように言《い》うと、手《て》に持《も》っていたボールをまたドリブルしはじめた。

「でも、よそんちとちがって、俺《おれ》にとってねえちゃんは」

そこまで言《い》ったところで、小坂《こさか》が言葉《ことば》をきった。

ダンダンダダン
一定《いってい》のリズムでドリブルしたあと、庭《にわ》に置《お》いてある古《ふる》ぼけたバスケットゴールにむかってボールをはなった。

ボールはふわりと空《そら》に浮《う》かんだあと、ザッと網《あみ》を揺《ゆ》らす。

地面《じめん》に落《お》ちたボールが、何度《なんど》かバウンドしたあと、まるですい寄《よ》せられるように、こちらにむかって転《ころ》がってきた。

わたしは足《あし》もとのボールを拾《ひろ》いあげ、小坂《こさか》に手渡《てわた》した。

「……小坂《こさか》にとって、おねえさんは、特別《とくべつ》な存在《そんざい》なんだね」

小坂《こさか》は、はじかれたように顔《かお》をあげると、だまってボールを受《う》けとった。

「……ガキみたいだろ。結局《けっきょく》、ねえちゃんが心配《しんぱい》してたとおりだったんだ。動揺《どうよう》して、ふてくされて、それで、ミニバスも行《い》かねえってだだこねてたんだ。かっこ悪《わる》いよな、俺《おれ》」

笑《わら》おうとしたのか、小坂《こさか》の表情《ひょうじょう》がゆがむ。

だけど、その顔《かお》は今《いま》にも泣《な》きだしそうに見《み》えた。

「おまえのこと避《さ》けてたのも、同《おな》じだよ。自分《じぶん》の弱《よわ》っちいとこ、知《し》られたくなかったんだ」

小坂《こさか》の声《こえ》が、小《ちい》さくふるえる。

わたしはたまらなくなって、小坂《こさか》の手《て》を取《と》り、両方《りょうほう》の手《て》でつつみこんだ。

「弱《よわ》っちくなんて、ない！」

その勢《いきお》いで、小坂《こさか》が手《て》に持《も》っていたボールが地面《じめん》に転《ころ》がる。

「そんなの、あたりまえだよ。だって、小坂《こさか》にとっては、おねえさんがおかあさんみたいな存在《そんざい》だったんだもん」

わたしは両方《りょうほう》の手《て》に力《ちから》をこめた。

「ガキみたいなんて思《おも》わない。かっこ悪《わる》くなんて、ない。さみしいのに平気《へいき》なふりなんてしなくていいんだよ、小坂《こさか》」

すると、小坂《こさか》の瞳《ひとみ》にぐんぐん涙《なみだ》がたまっていき、ぽろりと一粒《ひとつぶ》地面《じめん》に落《お》ちた。

「へへっ、やっぱ、かっこわりい」

小坂《こさか》は前髪《まえがみ》をなおすふりをして、背《せ》をむけた。

その肩《かた》がかすかにふるえている。

わたし、ばかだ。

今《いま》まで小坂《こさか》の姿《すがた》を、ずっと追《お》いつづけていると思《おも》っていた。

なのに、いったいなにを見《み》ていたんだろう?

部活《ぶかつ》の練習《れんしゅう》に、だれよりも真面目《まじめ》に取《と》り組《く》むところ。

下《した》の学年《がくねん》の子《こ》たちにやさしいところ。

笑《わら》うと目《め》がなくなっちゃうところ。

小坂《こさか》の好《す》きなところはいくらだって言《い》えるのに、本当《ほんとう》の小坂《こさか》の姿《すがた》が見《み》えていなかった。

今《いま》までずっと、『小坂《こさか》は、わたしの気持《きも》ちをわかってくれない』って思《おも》っていたけれど、反対《はんたい》だ。

わたしが小坂《こさか》の気持《きも》ちをわかっていなかった。

たとえ小坂《こさか》がなにも言《い》わなくても、わたしだけは小坂《こさか》の本当《ほんとう》の気持《きも》ちに、気《き》がついてあげなくちゃいけなかったのに。

「……ごめんね、小坂《こさか》。わたし」

とたんに、小坂《こさか》の背中《せなか》がぼやけて見《み》える。

「なんでおまえが謝《あやま》るんだよ。おまえ、なんにも悪《わる》くねえじゃん。悪《わる》いのは俺《おれ》なんだし」

小坂《こさか》があわててふりかえる。

「だって」

それ以上《いじょう》なにも言《い》えなくなる。

なにか言《い》うと、今度《こんど》はわたしが泣《な》きそうだったから。

一呼吸《ひとこきゅう》おいて、わたしは小坂《こさか》に呼《よ》びかけた。

「あのね、小坂《こさか》」

手《て》を伸《の》ばして、もう一度《いちど》小坂《こさか》の右手《みぎて》をつかむ。

「わたしじゃあ、おねえさんのかわりにはなれないかもしれないけど……」

そこで言葉《ことば》をきって、小坂《こさか》を見《み》た。

「わたしが、ずっと小坂《こさか》のそばにいるから」

そう言《い》って、無理《むり》やり笑《わら》う。

すると小坂《こさか》は口《くち》をへの字《じ》に曲《ま》げてから、顔《かお》をそむけて笑《わら》った。

「……なんだおまえ、そのぶっさいくな顔《かお》」

「え、ぶさいくだった？」

わたしは左手《ひだりて》を自分《じぶん》のほおにあてた。

すると小坂《こさか》はくすっと笑《わら》ってから、

「……ありがと」

わたしの右手《みぎて》をぎゅっとにぎりかえした。

いつの間《ま》にか大《おお》きくなった手《て》で。

15 新《しん》人《じん》戦《せん》

試合後《しあいご》の帰《かえ》り道《みち》、二年生《ねんせい》の先輩《せんぱい》たちに何度《なんど》も声《こえ》をかけてもらえた。

「まいまい、今日《きょう》めっちゃよかったよ！」

「今日《きょう》のMVP《エムヴイピー》はまいまいだねっ」

その言葉《ことば》に、

「ありがとうございますっ！」

わたしは、笑顔《えがお》で頭《あたま》をさげた。

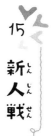

九月《がつ》の最終土曜日《さいしゅうどようび》。
今日《きょう》はつつじ台中学《だいちゅうがく》バスケットボール部《ぶ》の新人戦《しんじんせん》だった。
夏休《なつやす》み明《あ》けから、ずっと委員会《いいんかい》ばかりであまり部活《ぶかつ》にでられなかったから、きっと試合《しあい》にはだしてもらえないだろうなあって思《おも》ってたんだけど、後半《こうはん》、第《だい》三クオーターの途中《とちゅう》からだしてもらうことができた。

相手《あいて》は、格上《かくうえ》の南中《みなみちゅう》。しかも点差《てんさ》は十点以上《じゅってんいじょう》。勝《か》てるかどうかの瀬戸際《せとぎわ》だった。

南中《みなみちゅう》のディフェンス陣《じん》はあたりが強《つよ》くて、なかなかゴール前《まえ》に入《はい》れず、後半《こうはん》からは得点《とくてん》が入《はい》らない。どんどん点差《てんさ》が開《ひら》こうとしていた。

「おい、林《はやし》、行《い》けるな」

顧問《こもん》の先生《せんせい》に声《こえ》をかけられて、すぐに返事《へんじ》をした。

「はいっ！」

せっかく手《て》に入《い》れたチャンス。

なにがなんでも、得点《とくてん》にむすびつけるぞ！

コートに入《はい》って、さっと相手《あいて》の動《うご》きに目《め》を走《はし》らせる。

サイドライン際《ぎわ》から応援《おうえん》をしていたときに思《おも》っていた。

相手《あいて》は体《からだ》が大《おお》きくてあたりは強《つよ》いけど、動《うご》きはそこまで速《はや》くない。

どこか突破口《とっぱこう》になるところはないかと頭《あたま》を巡《めぐ》らせているときに、ぽっかり空《あ》いてるゾーンを見《み》つけた。

（あそこだっ！）

わたしが走《はし》りだしたのを、ボールをキープしていたゆか先輩《せんぱい》が目《め》のはしでとらえた。

「まいまい！」

その声《こえ》を聞《き》いたときには、受《う》けとったボールをゴールにむかって放《はな》っていた。

わたしの一番好《いちばんす》きな角度《かくど》からのスリーポイントシュート。

ボールはきれいな放物線《ほうぶつせん》を描《えが》いて、リングにすいこまれていった。

ザンッ
網《あみ》を揺《ゆ》らして、ボールが床《ゆか》に転《ころ》がる。

「いよっしゃあ！」

サイドライン側《がわ》にいた観客《かんきゃく》が立《た》ちあがって歓声《かんせい》をあげる。

それから、台中《だいちゅう》の猛反撃《もうはんげき》が始《はじ》まった。

わたしたち一年生《ねんせい》にとっては初《はじ》めての公式戦《こうしきせん》だった新人戦《しんじんせん》は、無事《ぶじ》58対《たい》54で逆転勝利《ぎゃくてんしょうり》することができたんだ。

「じゃあね、ばいばーい！」

「おつかれ〜っ！」

南中《みなみちゅう》からの帰《かえ》り道《みち》、交差点《こうさてん》でバスケ部《ぶ》のみんなと別《わか》れ、信号《しんごう》を渡《わた》って家《いえ》へとむかう。

(小坂《こさか》、今日《きょう》はうまくいったかな)

顔合《かおあ》わせは、となり町《まち》の大《おお》きなホテルであるんだと小坂《こさか》は言《い》っていた。

夕カさんと顔《かお》を合《あ》わせるのは、ふたりが結婚《けっこん》することを知《し》らされてから、初《はじ》めてなんだそうだ。

「俺《おれ》、夕カさんとうまく話《はな》せるかな」

昨日《きのう》の夕方《ゆうがた》、学校帰《がっこうがえ》りに、つつじ台公園《だいこうえん》に寄《よ》り道《みち》したとき、心配《しんぱい》そうに話《はな》していた小坂《こさか》の顔《かお》を思《おも》い出《だ》す。

「無理《むり》してうまく話《はな》そうとしなくていいんじゃない？」

わたしが言《い》うと、小坂《こさか》はだまってうなずいた。

とても緊張《きんちょう》した表情《ひょうじょう》で。

（きっと、タカさんもつらかったんだろうな）

小坂《こさか》がどれだけおねえさんのことを大事《だいじ》に思《おも》っているかを知《し》っていたから、言《い》いだしにくかったんだろう。

『……ごめんな、麻衣《まい》ちゃん』

あの日《ひ》、どうしてわたしに謝《あやま》るんだろうって思《おも》っていたけど、タカさんはぜんぶわかっていたんだろう。

小坂《こさか》の気持《きも》ちも、わたしの気持《きも》ちも。

だけど、勝手《かって》に小坂《こさか》の気持《きも》ちをわたしに伝《つた》えることができなくて、謝《あやま》ってくれたにちがいない。

（そういう人《ひと》なんだよね、タカさんは）

ふっと左手《ひだりて》にあるつつじ台公園《だいこうえん》を見《み》ると、ブランコには、二歳《さい》くらいの男《おとこ》の子《こ》が座《すわ》っていた。

まじめくさった顔《かお》でしっかりくさりをつかんでいる。

その背中《せなか》を、おかあさんらしき人《ひと》がゆっくり押《お》して揺《ゆ》らしていた。

おかあさんは、若《わか》くてかわいらしい感《かん》じの人《ひと》。そばに男《おとこ》の子《こ》がいなければ、おねえさんって言《い》っても通《つう》じそうだ。

（小坂《こさか》も小《ちい》さいとき、あんな感《かん》じだったのかな）

おかあさんが亡《な》くなったとき、おねえさんはまだ高校《こうこう》三年生《ねんせい》。だけど、決《き》まっていた大学《だいがく》への進学《しんがく》をあきらめて、まだ小《ちい》さかった小坂《こさか》の世話《せわ》をしていたらしい。

あとでそのことを知《し》って、小坂《こさか》は一度《いちど》おねえさんに謝《あやま》ったことがあるそうだ。

すると、おねえさんはなんでもないような顔《かお》で笑《わら》ったらしい。

『大学《だいがく》なんかに行《い》くよりも、悠馬《ゆうま》のそばにいたかったんだよ』って。

おかあさんが、背中《せなか》を押《お》す手《て》を強《つよ》めたようで、ブランコが大《おお》きく揺《ゆ》れはじめた。

きゃははは！

さっきまで、まじめくさった顔《かお》でくさりにつかまっていた男《おとこ》の子《こ》が、声《こえ》をあげて笑《わら》っている。

その幸《しあわ》せに満《み》ちた笑《わら》い声《ごえ》を聞《き》いて、ふっとほほえむ。

（大丈夫《だいじょうぶ》だよね。小坂《こさか》なら、きっと）

男《おとこ》の子《こ》の笑《わら》い声《ごえ》を聞《き》きながら、歩《ある》きだす。


しばらく道《みち》なりに歩《ある》いていき、家《いえ》がある側《がわ》の歩道《ほどう》に渡《わた》ろうとして、はっと息《いき》をのんだ。

わたしの家《いえ》のそばにある電柱《でんちゅう》に寄《よ》りかかるようにして、小坂《こさか》が立《た》っている。

今《いま》までは制服《せいふく》か体操服《たいそうふく》、私服《しふく》でもジーンズ姿《すがた》くらいしか見《み》たことがなかったけど、今日《きょう》はかっちりしたシャツときれいめのチノパンをはいている。

いつもより、ぐっと大人《おとな》っぽく見《み》えた。


「……小坂《こさか》！」

わたしは、大急《おおいそ》ぎでかけだした。

「ど、どうしたの？　こんなとこで」

小坂《こさか》はそれには答《こた》えずに、わたしに聞《き》いた。

「試合《しあい》、どうだった？」

「あ、男子《だんし》は負《ま》けちゃったみたい。わたし、途中《とちゅう》からしか観《み》てないんだけど、54対《たい》32だったかな。石崎《いしざき》くんも応援《おうえん》リーダーであんまり練習《れんしゅう》にでられなかったから、後半《こうはん》にしかだしてもらえなくってさ。みんな、がっくりしてたよ」

わたしの答《こた》えに、

「ま、そうだろうな。やっぱ、俺《おれ》がいねえと」

小坂《こさか》がいたずらっこみたいな顔《かお》で、にかっと笑《わら》った。

（……小坂《こさか》！）

ひさびさに見《み》るやんちゃそうな笑顔《えがお》。

やっぱり小坂《こさか》は、こうでなくっちゃ！

「で、おまえはどうだったわけ？　試合《しあい》、だしてもらえたんだろ？」

わたしはすぐに大《おお》きくうなずいた。

「うん！　それがさ、わたしの入《い》れたスリーポイントで、一気《いっき》に流《なが》れが変《か》わったの。結局《けっきょく》、58対《たい》54で逆転《ぎゃくてん》したよ！　先輩《せんぱい》たちに、今日《きょう》のMVP《エムヴイピー》だって褒《ほ》められちゃった」

小坂《こさか》は、おおげさにへ〜っと目《め》をむいてから、またにかっと笑《わら》った。

「よかったじゃん。やったな」

そう言《い》うと、右手《みぎて》でこぶしを作《つく》って差《さ》しだした。

わたしもこぶしを突《つ》きだして、小坂《こさか》とグータッチする。

「えへへ、ありがと」

あんなに悩《なや》んでいた日々《ひび》が、ウソみたい。

なにもなかったみたいに、すらすら話《はなし》ができる。

すると、

「俺《おれ》もさ」

小坂《こさか》がぼそっと言《い》った。

「今日《きょう》、タカさんに言《い》えた。『ねえちゃんのこと、よろしくお願《ねが》いします』って」

「え〜っ、よかったじゃん！　やったね。小坂《こさか》もMVP《エムヴィピー》だね！」

わたしはさっきの小坂《こさか》を真似《まね》して、こぶしを突《つ》きだした。

小坂《こさか》も、笑顔《えがお》でグータッチをかえす。

普通《ふつう》の姉弟《きょうだい》なら、あたりまえみたいに言《い》えることなんだろうけど、小坂《こさか》にとってはきっとすごく勇気《ゆうき》がいる一言《ひとこと》だったたにちがいない。

(小坂《こさか》、がんばったね)

笑《わら》うと目《め》がなくなっちゃう、やわらかな表情《ひょうじょう》。

もう大丈夫《だいじょうぶ》、いつもの小坂《こさか》だ。

「じゃあ、明日《あした》のミニバスの大会《たいかい》は来《こ》られそう？　あやちゃんたちに、小坂《こさか》といっしょに来《き》てって誘《さそ》われてるんだけど」

わたしの問《と》いに、小坂《こさか》は大《おお》きくうなずいた。

「うん、行《い》ける」

「やったあ！」

わたしがにこにこ笑《わら》って言《い》うと、小坂《こさか》はあきれたように笑《わら》った。

「なにおまえ、そんなにミニバスの試合《しあい》、行《い》きたかったわけ？」

「そりゃあそうだよ～」

だって夏祭《なつまつ》りからあと、ぜんぜん小坂《こさか》といっしょに過《す》ごせなかった。

体育祭《たいいくさい》にまつわる雑用《ざつよう》はまだまだ続《つづ》くし、そのあとすぐに中間試験《ちゅうかんしけん》が始《はじ》まるから、しばらくミニバスにも部活《ぶかつ》にも行《い》けない。

だから、一分一秒《いっぷんいちびょう》でも長《なが》く、小坂《こさか》といっしょにいたいんだもん！

すると、右手《みぎて》をぐいっとつかまれた。

「……へっ」

おどろいて声《こえ》をあげると、小坂《こさか》がわたしの右手《みぎて》をつかみ、両手《りょうて》でつつみこんでいた。

「ホント、いろいろごめん。それから、ありがとな」

あったかくて大《おお》きな手《て》が、わたしの右手《みぎて》をつつみこむ。

「おまえがいてくれて、よかった」

「……小坂《こさか》」

わたしの声《こえ》に、小坂《こさか》はぱっと両手《りょうて》をはなした。

「えっと、そ、それだけ言《い》いたくて、寄《よ》っただけだから」

ぎくしゃくした声《こえ》でそう言《い》うなり、小坂《こさか》はわたしにくるりと背中《せなか》をむけた。

「じゃ、じゃあな！」

横《よこ》に飛《と》びだした耳《みみ》の先《さき》が真《ま》っ赤《か》に染《そ》まっている。

「……え、あ、ちょっと待《ま》ってよ！」

わたしの声《こえ》にもふりかえらず、小坂《こさか》はぎこちなく頭《あたま》の上《うえ》で手《て》をふって逃《に》げるように走《はし》っていく。

わたしは大《おお》きく息《いき》をすいこむと、

「こーさーかーっ！」

大声《おおごえ》で叫《さけ》んだ。

小坂《こさか》がぎょっとした様子《ようす》で立《た》ちどまる。

「なっ、なんだよ、大《おお》きい声《こえ》だすなって……！」

真《ま》っ赤《か》になった小坂《こさか》が、ふりかえる。

「ありがとう〜〜〜っ！　わたしも、小坂《こさか》がいてくれて、よかったああああ！」

口《くち》の横《よこ》に手《て》をあてて、小坂《こさか》にむかって大《おお》きな声《こえ》で叫《さけ》ぶ。

「ばっ……！　おまえ、そういうことを、デカい声《こえ》で言《い》うなって！」

ありえないくらい真《ま》っ赤《か》になった小坂《こさか》にむかって、あははと笑《わら》って大《おお》きく手《て》をふる。

すると小坂《こさか》はあきれたように息《いき》をついてから、笑《わら》って大《おお》きく手《て》をふりかえしてくれた。

ああ、そうだ。

わたしは前《まえ》にもここで、帰《かえ》っていく小坂《こさか》に手《て》をふったことがある。

たしか、小学生《しょうがくせい》の頃《ころ》、班《はん》のみんなでなにか発表《はっぴょう》しなきゃいけなくて、放課後《ほうかご》、わたしの家《いえ》に集《あつ》まったとき。

帰《かえ》っていくみんなに、ばいばーいと手《て》をふるふりをしていたけれど、ホントは小坂《こさか》にだけ手《て》をふっていた。

大好《だいす》きだよって心《こころ》のなかでつぶやきながら。

あのときよりもずっと背《せ》が伸《の》びて、大人《おとな》に近《ちか》づいていこうとしている小坂《こさか》。

まるで、瞬《まばた》きするたびに色《いろ》を変《か》えていく夕焼《ゆうや》けの空《そら》みたい。

その姿《すがた》を、ずっとそばで見《み》ていたい。

少《すこ》しずつ大人《おとな》になっていくその瞬間《しゅんかん》を、小坂《こさか》のとなりで。
手《て》をふる小坂《こさか》の姿《すがた》がとおりの角《かど》を曲《ま》がって消《き》えた。
それでもわたしは、いつまでもいつまでも手《て》をふりつづけた。

16 みかん色《いろ》の空《そら》の下《した》で

「残念《ざんねん》だったな」

「う～ん、まあ、しょうがないよね。相手《あいて》が悪《わる》かったかも」

次《つぎ》の日《ひ》。

約束通《やくそくどお》り、小坂《こさか》とふたりでミニバスの試合《しあい》を観《み》に行《い》ってきた。

みんな一生懸命《いっしょうけんめい》がんばっていたけれど、一回戦《いっかいせん》で元《もと》プロで活躍《かつやく》していたバスケ選手《せんしゅ》に指導《しどう》を受《う》けているような強豪《きょうごう》チームとあたってしまったもんだから、結果《けっか》は惨敗《ざんぱい》だった。

「でもみんな、中学《ちゅうがく》ではぜったいバスケ部《ぶ》に入《はい》ってこの借《か》りをかえす！　って燃《も》えてたし、これでよかったのかもね」

「だなあ〜」

ふたりでならんで歩《ある》きながら、ちらっと横目《よこめ》で小坂《こさか》を見《み》る。

今《いま》六年生《ねんせい》のあやちゃんたちが中学《ちゅうがく》に入学《にゅうがく》するころ、わたしたちは二年生《ねんせい》になる。

その頃《ころ》の小坂《こさか》はどうなってるだろう？

そして、わたしも。


「おーい、悠馬《ゆうま》！　麻衣《まい》ちゃん！」

うしろから声《こえ》をかけられてふりかえると、ジャージ姿《すがた》のタカさんが手《て》をふって追《お》いかけてきた。

「今日《きょう》はありがとう。ごめんな、せっかく来《き》てくれたのに、惨敗《ざんぱい》しちゃって」

タカさんの言葉《ことば》に、小坂《こさか》が肩《かた》をすくめる。

「しょうがねえよ。だって向《む》こうのコーチ、元《もと》プロだし。こっちはそこらのおっさんだし」

「だよなあ。しょうがねえよな〜。俺《おれ》、そこらのおっさんだし……って、おまえ、さらっとムカつくこと言《い》うなよ！」

タカさんがおこったふりをして、小坂《こさか》の首《くび》に腕《うで》をまわす。

「だって、ホントのことじゃん」

小坂《こさか》が、あははと声《こえ》をあげて笑《わら》った。

(よかった。ふたりとも、今《いま》までどおりだ)

元々《もともと》、兄弟《きょうだい》みたいに仲《なか》よしだったふたりが、まさか本当《ほんとう》の兄弟《きょうだい》になる日《ひ》がくるとは思《おも》わなかった。

多少《たしょう》はぎこちなくなることがあったとしても、このふたりなら、きっとうまくいくよね。

わたしはにこにこ笑《わら》って、言《い》い合《あ》いをするふたりを見《み》た。

すると、

「あなたが、麻衣《まい》ちゃん?」

ふいにうしろから声《こえ》をかけられた。

ふりかえると、そこには小柄《こがら》な女《おんな》の人《ひと》が立《た》っていた。

髪《かみ》をうしろでひとつにくくって、バンビみたいにくりっとした瞳《ひとみ》。

その小《ちい》さな顔《かお》にはアンバランスな大《おお》きい耳《みみ》がピンと横《よこ》に立《た》っている。

（あっ、もしかして、この人《ひと》……）

わたしがそう思《おも》ったのと同時《どうじ》に、その女《おんな》の人《ひと》はにっこり笑《わら》った。

「悠馬《ゆうま》の姉《あね》の繭《まゆ》です。いつも悠馬《ゆうま》と仲《なか》よくしてくれてありがとうね」

（やっぱり……！）

うしろすがたしか見《み》たことがなかったけれど、すぐにわかった。

二十九歳《にじゅうきゅうさい》って聞《き》いていたけれど、それよりずっと若《わか》く見《み》える。

まだ学生《がくせい》さんみたいだ。

目《め》もとが、小坂《こさか》によく似《に》ている。それに、見《み》るからにやさしそう！

「あ、あの、林麻衣《はやしまい》です。こちらこそ、いつもありがとうございます。ええっと、あの、ご結婚《けっこん》おめでとうございます」

しどろもどろで挨拶《あいさつ》すると、おねえさんはぷっと笑《わら》った。

「ありがとう。でも、結婚式《けっこんしき》はまだ先《さき》なんだ」

「あ、そうなんだ。すみません」

ぺこぺこ謝《あやま》ると、おねえさんはますます笑《わら》いだした。

「謝《あやま》らなくていいよ〜。そんなの知《し》るわけないよね」

ひとしきり笑《わら》ったあと、おねえさんはまじまじとわたしを見《み》た。

「麻衣《まい》ちゃん、ほっぺたつやつやでかわいいね〜。悠馬《ゆうま》、やるじゃん」

そう言《い》って、おねえさんが、小坂《こさか》の腕《うで》をうりうりこづいた。

「なんだよ。やめろって、もう」

小坂《こさか》が赤《あか》い顔《かお》をして、身《み》をよじる。

「麻衣《まい》ちゃん、悠馬《ゆうま》がなんか悪《わる》いことしたら、すぐに言《い》ってね。わたしがちゃんとおこったげるから」

「うるせえな。なんもしねえよ」

小坂《こさか》は赤《あか》い顔《かお》のまま、ぷいっと横《よこ》をむいた。

(ぷぷっ、小坂《こさか》ってば、おねえさんには頭《あたま》があがらないんだな)

ふたりのやりとりを見《み》て、くすくす笑《わら》う。

「あ、そうだ。麻衣《まい》ちゃん、わたし、結婚《けっこん》しても、悠馬《ゆうま》が中学生《ちゅうがくせい》の間《あいだ》は今《いま》の家《いえ》にいるつもりだし、いつでも遊《あそ》びに来《き》てね」

（あ、そうなんだ！）

それなら、小坂《こさか》も今《いま》までどおりの生活《せいかつ》を送《おく》れる。

それによく考《かんが》えたら、小坂《こさか》んちはタカさんの経営《けいえい》しているコンビニの目《め》と鼻《はな》の先《さき》だ。

ふたりが結婚《けっこん》したからといって、遠《とお》くはなればなれになったりするわけじゃない。

（……でも、きっと小坂《こさか》にとってはそういう問題《もんだい》じゃなかったんだろうな）

ずっとおかあさんみたいに思《おも》っていたおねえさんが、結婚《けっこん》する。

それは、小坂《こさか》にとってわたしが思《おも》う以上《いじょう》に大《おお》きな出来事《できごと》だったんだろう。

だけど、小坂《こさか》はそれを受《う》けいれることができたんだな、きっと。


「あれっ、悠馬《ゆうま》、また背《せ》ェ伸《の》びた？」

タカさんの言葉《ことば》に、小坂《こさか》が目《め》をぐるんとまわす。

「だって俺《おれ》、成長期《せいちょうき》だし。余裕《よゆう》でタカさんぬかすと思《おも》う」

「その言《い》い方《かた》！　おまえ、ホント、ムカつくな！」

じゃれあっている小坂《こさか》とタカさんを見《み》た。

そのふたりをにこにこ笑《わら》って見《み》ているおねえさん。

それは、なんて美《うつく》しい光景《こうけい》なんだろう。

(小坂《こさか》、よかったね……！)

わたしは心《こころ》のなかで、そっと小坂《こさか》に語《かた》りかけた。


タカさんたちは、いっしょに車《くるま》で帰《かえ》ろうって言《い》ってくれたんだけど、わたしたちはすでに往復《おうふく》のバス券《けん》を買《か》ってしまっていた。

タカさんたちとは会場《かいじょう》で別《わか》れ、ふたりで路線《ろせん》バスに揺《ゆ》られてつつじ台《だい》までもどった。

大通《おおどお》りの公園前《こうえんまえ》でバスを降《お》り、いっしょに歩道《ほどう》を歩《ある》く。

(えへへ。今日《きょう》はなんかデートみたいで、いい一日《にち》だったな)

莉緒《りお》やなるたんたちみたいに、どこかで待《ま》ちあわせておしゃれな場所《ばしょ》へ行《い》くようなロマンチックなデートじゃないけど、わたしと小坂《こさか》にはこういう気軽《きがる》なデートのほうが似合《にあ》っているのかもしれない。

そう思《おも》っていたら、

「あのさあ」

少《すこ》し前《まえ》を歩《ある》いていた小坂《こさか》が、声《こえ》をかけてきた。

「なに？」

わたしが聞《き》きかえしたら、小坂《こさか》は口《くち》のなかでなにかごにょごにょつぶやいた。

「え？　なんて言《い》った？　聞《き》こえないんだけど」

もう一度《いちど》聞《き》きかえすと、小坂《こさか》はぴたっと足《あし》を止《と》めて、前《まえ》をむいたまま言《い》った。

「次《つぎ》の部活《ぶかつ》がオフの日《ひ》、どっか行《い》かね？」

「……え！」

わたしは声《こえ》をあげて立《た》ちどまった。

それって、もしかして、デートのお誘《さそ》い？

「あ、あの、それ、ふたりで？」

あわてて横《よこ》にならんで顔《かお》をのぞきこむと、小坂《こさか》はおこったような顔《かお》で「そうだけど」と口《くち》をとがらせた。

「もしかして、映画《えいが》とか、買《か》い物《もの》とか、そういう感《かん》じの？」

「……いちおう」

ウソーッ！

小坂《こさか》ったらいったいどういう風《かぜ》の吹《ふ》きまわし？

今《いま》まで一度《いちど》だってそんなこと、言《い》ってくれたことないのに！

わたしがおどろいていると、小坂《こさか》が横目《よこめ》でちらっとわたしを見《み》た。

「……だってその日《ひ》、おまえ誕生日《たんじょうび》だろ？」

「え！」

わたしはもう一度《いちど》びっくりして声《こえ》をあげた。

「ウソ。次《つぎ》の部活《ぶかつ》がオフの日《ひ》って、十月六日《がつむいか》なの？」

そんなの、どこで言《い》われたっけ。

わたし、ぜんぜん知《し》らなかったんだけど！

「ミーティングで先生《せんせい》が言《い》ってた。おまえ、最近部活来《さいきんぶかつき》てなかったから、聞《き》いてなかったんじゃねえの？」

（あ、そうかも）

体育祭《たいいくさい》まであと十日《とおか》ほど。

この数日《すうじつ》は特《とく》に忙《いそが》しかったから、もしかしたら聞《き》いていても忘《わす》れていたかもしれない。

「っていうか、小坂《こさか》、わたしの誕生日《たんじょうび》、知《し》っててくれたんだねえ。それにびっくりしちゃったよ」

あははと笑《わら》ってそう言《い》うと、小坂《こさか》はとたんにむっとした顔《かお》になった。

「あたりまえだろ、自分《じぶん》の彼女《かのじょ》の誕生日《たんじょうび》なんだから」

彼女《かのじょ》、カノジョ、かのじょ……。

わたしの頭《あたま》のなかで、小坂《こさか》の言葉《ことば》が何度《なんど》もリフレインする。

(ひゃー、彼女《かのじょ》だって!)

ずっとわたしだけが小坂《こさか》のことを好《す》きなんだと思《おも》ってたけど、小坂《こさか》もちゃんとわたしのこと、思《おも》ってくれてたんだ!

「そっかあ。わたし、やっぱり小坂《こさか》の彼女《かのじょ》だったんだねえ……」

ほおっと息《いき》をはいてつぶやいたら、小坂《こさか》はますますむっとした顔《かお》になった。

「いまさらなに言《い》ってんだよ。もう、ほら、ぼさっとしてねえで、行《い》くぞっ」

そう言《い》うなり、小坂《こさか》がわたしの右手《みぎて》をつかんで歩《ある》きだした。

乱暴《らんぼう》な握《にぎ》りかた。

早足《はやあし》で歩調《ほちょう》を合《あ》わせてくれないし、ぜんぜんロマンチックじゃない。

なかなか好《す》きって言《い》ってくれないし、超《ちょう》がつくくらいのはずかしがり屋《や》。

だけど、わたしはそんな小坂《こさか》が好《す》き。

そんな小坂《こさか》じゃないと、いやなんだ。

「小坂《こさか》」

わたしが声《こえ》をかけると、小坂《こさか》がちらっとふりかえる。

「なに？」

「大好《だいす》きだよ」

そう言《い》うと、小坂《こさか》の顔《かお》が一瞬《いっしゅん》でまっかっかになった。

「……知《し》ってるよ！」

ぷいっと顔《かお》をそむけたくせに、小坂《こさか》の左手《ひだりて》が、わたしの右手《みぎて》を三回《かい》強《つよ》く握《にぎ》りかえす。

（お、れ、も）

まるで、そう言《い》っているみたいに。

今年《ことし》の誕生日《たんじょうび》は、小坂《こさか》と過《す》ごせる。

そう考《かんが》えただけで、顔《かお》がにやけてくる。

だけど神《かみ》さま。

できれば、来年《らいねん》の誕生日《たんじょうび》も、その次《つぎ》の誕生日《たんじょうび》も、高校生《こうこうせい》になっても、大人《おとな》になっても、ずっとずっといっしょに過《す》ごせますように。

こんなよくばりなお願《ねが》い、神《かみ》さまは聞《き》いてくれないかな。

ふと顔《かお》をあげたら、みかん色《いろ》に染《そ》まる空《そら》で、ちいさなお星《ほし》さまがひとつ、まるで返事《へんじ》をしてくれたかのようにきらっと光《ひか》った。


（おわり）

あとがき

読者《どくしゃ》のみなさん、こんにちは！　作者《さくしゃ》の宮下恵茉《みやしたえま》です。

『キミと、いつか。すれちがう〝こころ〟』、楽《たの》しんでいただけたでしょうか？

「キミいつ」シリーズも、今回《こんかい》でなんと五巻目《かんめ》！　これもみなさんの応援《おうえん》のおかげです。

いつもたくさんの励《はげ》ましのお手紙《てがみ》やイラスト、本当《ほんとう》にありがとうございます！

でも、中《なか》には今回初《こんかいはじ》めて読《よ》んだよって人《ひと》もいますよね。なので、ちょっとだけ「キミいつ」シリーズについてご紹介《しょうかい》させてください。

このシリーズは、林麻衣《はやしまい》ちゃん（まいまい）、辻本莉緒《つじもとりお》ちゃん、鳴尾若葉《なるおわかば》ちゃん（なるたん）、足立夏月《あだちなつき》ちゃんのキミいつガールズ四人《よにん》の恋《こい》のお話《はなし》です。一巻《いっかん》から四巻《かん》は、つつじ台中学校《だいちゅうがっこう》に入学《にゅうがく》してから夏休《なつやす》みまでが描《えが》かれています。そして、セカンドシーズンにあたる五巻《かん》からは夏休《なつやす》み明《あ》け、ファーストシーズンのその後《ご》のお話《はなし》が続《つづ》いていきます。

なので、一冊《いっさつ》だけでも楽《たの》しめるけど、全部通《ぜんぶとお》して読《よ》むとまた別《べつ》の楽《たの》しみ方《かた》ができるように工夫《くふう》してあります☆　もし、今回読《こんかいよ》んでおもしろかったと思《おも》ってくださったら、ぜひ他《ほか》の巻《かん》もあわせて読《よ》みくらべてみてくださいね！

さて、今回《こんかい》は、キミいつガールズトップバッターのまいまいのお話《はなし》です。ファーストシーズンで両想《りょうおも》いになったはずのまいまいと小坂《こさか》だけど、それでめでたしめでたしってわけではなかったみたいです。かくいうわたしも、中学生《ちゅうがくせい》くらいの頃《ころ》、初《はじ》めて両想《りょうおも》いになれた！　と思《おも》ったのに、なかなか素直《すなお》になれず、結局数《けっきょくすう》か月《げつ》で自然消滅《しぜんしょうめつ》しちゃった……なんてこともありました。

片思《かたおも》いしている時《とき》は、『両想《りょうおも》いになれたら、きっとなにもかもハッピーになるはず！』なんて思《おも》いがちだけど、現実《げんじつ》は甘《あま》くないんですよね。もしも読者《どくしゃ》のみなさんにも、『そういう経験《けいけん》ある！』『めっちゃ共感《きょうかん》！』っていう人《ひと》がいたら、こっそり教《おし》えてくださいね。

さて、次回《じかい》、六巻《ろっかん》のヒロインは、キミいつガールズで一番人気《いちばんにんき》の辻本莉緒《つじもとりお》ちゃん。学年一《がくねんいち》のモテ男子《だんし》・石崎《いしざき》くんと両想《りょうおも》いで、お互《たが》い名前呼《なまえよ》びなんかしちゃうくらいラブラブなふたりなのに、ピンチが訪《おとず》れちゃうみたい……！　さあ、いったい何《なに》が起《お》こるんでしょう？

……それは読《よ》んでのおたのしみ♡

次回《じかい》も、胸《むね》きゅんの恋《こい》のお話《はなし》をお届《とど》けしますので、待《ま》っていてくださいね！

宮下恵茉《みやしたえま》

今回もイラスト担当させて
いただきました！
また麻衣ちゃんと小坂くんを描けて
（あとタカさんも！1巻ではちびキャラだったので…）
楽しかったです♡『キミいつ』2周目もよろしく
お願いします！！

染川ゆかり

集英社みらい文庫

キミと、いつか。

すれちがう"こころ"

宮下恵茉《みやしたえま》 作
染川《そめかわ》ゆかり 絵

ファンレターのあて先
〒101-8050 東京都千代田区一ツ橋2-5-10 集英社みらい文庫編集部
いただいたお便りは編集部から先生におわたしいたします。

2017年7月26日 第1刷発行
2019年6月16日 第3刷発行

発行者 北畠輝幸
発行所 株式会社 集英社
〒101-8050 東京都千代田区一ツ橋2-5-10
電話 編集部 03-3230-6246
読者係 03-3230-6080
販売部 03-3230-6393(書店専用)
http://miraibunko.jp
装丁 +++ 野田由美子 中島由佳理
印刷 凸版印刷株式会社
製本 凸版印刷株式会社

★この作品はフィクションです。実在の人物・団体・事件などにはいっさい関係ありません。
ISBN978-4-08-321383-0 C8293 N.D.C.913 182P 18cm

キミいつ♡タイムライン

KIMIITSU TIME LINE

「今《いま》、こんな恋《こい》しています!」、「こんな恋《こい》でなやんでます」など、みんなの恋《こい》バナ《ばな》教《おし》えてね。

先生《せんせい》への相談《そうだん》レター

小《しょう》2の時《とき》から好《す》きな人《ひと》がいるんですが、

私《わたし》が転校《てんこう》してしまい会《あ》えなくなりました。

あきらめたくないのですが、それでもやっぱり、

あきらめたほうがいいんでしょうか。

告白《こくはく》したいです。

(小《しょう》4・きなこ)

宮下恵茉先生《みやしたえませんせい》より

会《あ》えなくなってさみしいね。でも、あきらめる必要《ひつよう》ないんじゃないかな。住所《じゅうしょ》がわかるなら、お手紙《てがみ》をだしてみたら?　きっと喜《よろこ》んでくれると思《おも》うよ。しばらくお手紙《てがみ》のやりとりを続《つづ》けてから、告白《こくはく》すればOK《オーケー》してくれるかも!

4巻《かん》目《め》の　ひとこと感想《かんそう》コーナー

祥吾《しょうご》が夏月《なつき》に素直《すなお》になれないときが、私《わたし》の好《す》きな人《ひと》と似《に》ていました！　２人《ふたり》の仲《なか》もすごくいいなぁーと思《おも》いました。
（中《ちゅう》１・Y《ワイ》.M《エム》）

夏月《なつき》と幼《おさな》なじみの祥吾《しょうご》は、はじめはただの友達《ともだち》だったけど、だんだん夏月《なつき》が恋愛対象《れんあいたいしょう》として見《み》ていくようになって、すごくうらやましいなぁと思《おも》いました。
（中《ちゅう》２・Rui《ルイ》）

私《わたし》も夏月《なつき》と同《おな》じような友達関係《ともだちかんけい》でなやんでました。だから、授業《じゅぎょう》でも休《やす》み時間《じかん》でも、自分《じぶん》の意見《いけん》をはっきりと、自信《じしん》を持《も》って言《い》える人《ひと》がうらやましいです。
（中《ちゅう》２・I《アイ》　LOVE《ラブ》　K《ケー》.I《アイ》）

おたより
まってるよ！

宮下恵茉先生《みやしたえませんせい》へのお手紙《てがみ》や、この本《ほん》の感想《かんそう》、「キミいつ♡タイムライン」の相談《そうだん》レターは、下《した》のあて先《さき》に送《おく》ってね！　本名《ほんみょう》を出《だ》したくない人《ひと》は、ペンネームも忘《わす》れずにね☆

〒101-8050
東京都千代田区一ツ橋《とうきょうとちよだくひとつばし》2-5-10
集英社《しゅうえいしゃ》みらい文庫編集部《ぶんこへんしゅうぶ》
『キミと、いつか。』係《かかり》

第《だい》5回《かい》集英社《しゅうえいしゃ》みらい文庫《ぶんこ》大賞《たいしょう》優秀賞《ゆうしゅうしょう》受賞者《じゅしょうしゃ》の、みらい文庫《ぶんこ》デビュー作《さく》!!
この声《こえ》とどけ!
恋《こい》がもつれる夏《なつ》まつり!?
神戸遥真《こうべはるま》・作《さく》
木乃《きの》ひのき・絵《え》
人生《じんせい》初《はつ》の告白《こくはく》は、まさかのあの人《ひと》から――!?

青星学園《せいせいがくえん》★チームEYE-S《アイズ》の事件《じけん》ノート
シリーズ
相川《あいかわ》真《しん》・作《さく》
立樹《たちき》まや・絵《え》
「ともだち《チーム》なのにドキドキするのは、なぜ!?」
4人《にん》のキラキラな男《おとこ》の子《こ》たちと事《じ》件《けん》に巻《ま》きこまれて!?
第《だい》2回《かい》集英社《しゅうえいしゃ》
みらい文庫大賞《ぶんこたいしょう》
優秀賞受賞作家《ゆうしゅうしょうじゅしょうさっか》
最新作《さいしんさく》!

甘《あま》くてしあわせな記憶《きおく》を
あなたにあげる――
第《だい》7回《かい》みらい文庫《ぶんこ》大賞《たいしょう》 優秀賞《ゆうしゅうしょう》受賞作《じゅしょうさく》!!
2019年《ねん》6月《がつ》28日《にち》発売《はつばい》!

パティシエ＝ソルシエ

お菓子《かし》の魔《ま》法《ほう》はあまくないっ!

白井《しろい》ごはん・作《さく》　行村《ゆきむら》コウ・絵《え》

オレ様《さま》魔《ま》法《ほう》使《つか》いと秘《ひ》密《みつ》のアトリエ

「のえる、約《やく》束《そく》を、
おぼえているか――」

普《ふ》通《つう》の女《おんな》の子《こ》・**のえる**の前《まえ》に
突《とつ》然《ぜん》現《あらわ》れたのはフランスから来《き》た
超《ちょう》絶《ぜつ》イケメンの**チトセ**。
まさか私《わたし》が魔《ま》法《ほう》使《つか》いだなんて!?

きらめくスイーツの
魔《ま》法《ほう》をめしあがれ!

「お前《まえ》はお菓子の《パティシエ=》
魔法使《ソルシエ》いだ――」

「みらい文庫《ぶんこ》」読者《どくしゃ》のみなさんへ

言葉《ことば》を学《まな》ぶ、感性《かんせい》を磨《みが》く、創造力《そうぞうりょく》を育《はぐく》む……、読書《どくしょ》は「人間力《にんげんりょく》」を高《たか》めるために欠《か》かせません。たった一枚《いちまい》のページをめくる向《む》こう側《がわ》に、未知《みち》の世界《せかい》、ドキドキのみらいが無限《むげん》に広《ひろ》がっている。これこそが「本《ほん》」だけが持《も》っているパワーです。

学校《がっこう》の朝《あさ》の読書《どくしょ》に、休《やす》み時間《じかん》に、放課後《ほうかご》に……。いつでも、どこでも、すぐに続《つづ》きを読《よ》みたくなるような、魅力《みりょく》に溢《あふ》れる本《ほん》をたくさん揃《そろ》えていきたい。読書《どくしょ》がくれる、心《こころ》がきらきらしたり胸《むね》がきゅんとする瞬間《しゅんかん》を体験《たいけん》してほしい、楽《たの》しんでほしい。みらいの日本《にほん》、そして世界《せかい》を担《にな》うみなさんが、やがて大人《おとな》になった時《とき》、「読書《どくしょ》の魅力《みりょく》を初《はじ》めて知《し》った本《ほん》」「自分《じぶん》のおこづかいで初《はじ》めて買《か》った一冊《いっさつ》」と思《おも》い出《だ》してくれるような作品《さくひん》を一所懸命《いっしょけんめい》、大切《たいせつ》に創《つく》っていきたい。

そんないっぱいの想《おも》いを込《こ》めながら、作家《さっか》の先生方《せんせいがた》と一緒《いっしょ》に、私《わたし》たちは素敵《すてき》な本作《ほんづく》りを続《つづ》けていきます。「みらい文庫《ぶんこ》」は、無限《むげん》の宇宙《うちゅう》に浮《う》かぶ星《ほし》のように、夢《ゆめ》をたたえ輝《かがや》きながら、次々《つぎつぎ》と新《あたら》しく生《う》まれ続《つづ》けます。

本《ほん》を持《も》つ、その手《て》の中《なか》に、ドキドキするみらい――。

本《ほん》の宇宙《うちゅう》から、自分《じぶん》だけの健《すこ》やかな空想力《くうそうりょく》を育《そだ》て、〝みらいの星《ほし》〟をたくさん見《み》つけてください。

そして、大切《たいせつ》なこと、大切《たいせつ》な人《ひと》をきちんと守《まも》る、強《つよ》くて、やさしい大人《おとな》になってくれることを心《こころ》から願《ねが》っています。

2011年《ねん》　春《はる》

集英社《しゅうえいしゃ》みらい文庫編集部《ぶんこへんしゅうぶ》